LADY MARY

DU MÊME AUTEUR

Rosa Bonheur ou l'insolence, Denoël, 1980

Nicolas Paquet, aventure maritime et coloniale d'un grand armateur, Robert Laffont, 1986

Misha, l'enfant divorcé, Anne Carrière, 2000

Le Joaillier d'Ispahan, Le Passage, 2011

La Petite Copiste de Diderot, Le Passage, 2013

www.lepassage-editions.fr

DANIELLE DIGNE

LADY MARY

LEPASSAGE

PROLOGUE

Alors que je visitais une exposition de peintres de l'époque victorienne à Londres, mon regard fut attiré par un grand tableau intitulé *The Introduction of Lady Mary Wortley Montagu to the Kit Kat Club*, représentant l'intérieur d'une taverne à la fin du XVIIe siècle où est réuni un groupe d'hommes de qualité. Au centre de la toile, une petite fille, vêtue d'une robe richement brodée et la tête ornée d'un diadème, ne paraît nullement impressionnée par la petite assemblée manifestement admirative qui l'entoure. Qui était cette Lady Mary et que faisait-elle au milieu de tous ces personnages ? Intriguée, je découvris que cette aristocrate érudite, réputée pour sa beauté et son esprit, avait été l'une des premières anglaises à critiquer l'attitude de ses contemporains envers les femmes et à remettre en cause ce qu'on appelait « les mariages de convenance ».

Elle avait donné l'exemple en s'enfuyant avec Edward Montagu qu'elle devait épouser sans dot, contre la volonté de son père. Amie des hommes d'État et des écrivains les plus distingués de son temps, auteur de nombreux poèmes, elle fut surtout célèbre pour ses *Turkish Embassy Letters* (1716-1718). Au-delà du tableau des mœurs raffinées de la cour ottomane et des harems, elle constata que, paradoxalement, les femmes turques étaient parfois plus libres que celles de la noblesse anglaise.

À son retour d'Orient, elle se consacra à imposer à Londres le traitement de la variole par inoculation, technique qu'elle avait découverte en Turquie et expérimentée sur son propre fils. C'est la personnalité de cette femme de caractère, originale et attachante, que j'ai voulu faire revivre à une époque où l'Angleterre s'ouvrait aux Lumières dont elle fut une des étoiles les plus brillantes.

I.

L'HORREUR DES MARIAGES ARRANGÉS

CHAPITRE I
UN TOAST POUR UNE BEAUTÉ

C'était un jour d'hiver où la neige tombait si dru qu'elle semblait blanchir le ciel. À l'entrée d'une taverne de Gray's Inn Lane, au nord de Londres, de jeunes garçons s'amusaient à se lancer des boules de neige, quand ils furent surpris par l'arrivée de beaux attelages accompagnés de porteurs de lanternes. Des personnages bien habillés en descendaient et se pressaient de se mettre à l'abri du froid dans une auberge renommée pour ses tourtes au mouton et ses puddings.

L'un des adolescents fit signe à ses amis de le rejoindre.

– C'est sûrement des Messieurs du Kit Kat Club qui sont là pour leur réunion. J'ai entendu dire qu'ils se rencontraient chaque mois pour élire « la beauté de la soirée ».

– La beauté de la soirée! s'écria l'un des garçons. Tu te moques de nous, car je n'ai vu entrer que des hommes!

– Allons nous cacher, proposa un autre, pour voir s'il y a des beautés qui oseraient affronter le froid!

– Les filles, moi, je les connais, elles préfèrent se tenir bien au chaud!

Les garçons se glissèrent comme des ombres derrière la taverne pour observer par les fenêtres ce qui se passait.

Dans la grande salle aux poutres apparentes, éclairée par la lumière dorée des quinquets et par le feu de la haute cheminée, les arrivants étaient reçus par un personnage de petite taille, maigre et sec, coiffé d'un turban rouge.

– Je le connais, s'écria l'un des garçons. C'est monsieur Jacob Tonson. Parfois mon père vient lui donner un coup de main quand il n'y a pas assez de monde aux cuisines.

– J'aimerais bien entrer boire un verre, proposa un autre.

– Sûrement pas ! Sinon on va nous chasser comme des chiens galeux !

Il y eut un court moment de silence.

– Mais, dites-moi, où sont-elles, les belles filles ?

– On n'en voit pas dans les tavernes. Je le sais car mon père interdit à ma mère d'y pénétrer.

– En tout cas, ces Messieurs ont l'air d'aimer avoir les mains propres, car ils se rincent les doigts dans les grands bassins de cuivre ! Regardez toutes ces grosses pièces de viande qu'il y a sur leur table. Toute cette victuaille me donne faim ! On dit que les plus riches sont servis en premier et ont le droit de boire du vin.

– Ne m'en parlez pas, car cela me donne soif, s'écria son ami avec un petit air coquin.

C'est alors que l'un des garçons qui avait grimpé sur un talus pour voir la scène glissa en faisant un tel vacarme que tous les autres s'enfuirent pour éviter la bastonnade.

Jacob, le président du Club, était un éditeur propriétaire de librairies qui s'était enrichi en acquérant les droits des pièces de Shakespeare. Il savait repérer les jeunes auteurs qui avaient de l'avenir.

Le Club, dont le nombre des membres était limité à trente-neuf, était un lieu de réunion où se mêlaient des intérêts culturels, professionnels et politiques. Pour y être admis, il fallait appartenir au parti whig dont l'influence était grandissante. Les whigs étaient associés à « la nouvelle richesse » des financiers et des marchands. En religion, ils prônaient la tolérance pour les dissidents. En politique, ils s'opposaient à l'absolutisme royal, le pouvoir devant être celui du peuple représenté par le Parlement.

Les partisans d'une succession protestante au trône voulaient se défaire des Stuarts et étaient hostiles au roi Louis XIV qui soutenait le catholique Jacques II, réfugié en France après avoir été renversé par la Glorieuse Révolution de 1688.

Les soirées se déroulaient entre hommes parce qu'il était inconvenant pour une « dame de qualité » de prendre ses repas en public. La liberté de parole y était prétexte à des échanges entre beaux esprits et à une convivialité entre gourmets.

À la fin des agapes, les valets disposèrent auprès de chacun une bouteille et une coupe qui ne restaient jamais longtemps vides.

Peu après, Jacob Tonson se leva pour prendre la parole.

– Chers amis, dit-il, vous connaissez la raison de notre présence en ces lieux. Vous savez que le moment est venu d'élire la beauté de la soirée. Un toast, accompagné d'un court poème, sera porté en l'honneur de celle que nous allons choisir.

L'annonce fut saluée par des applaudissements.

– Souvenez-vous, rappela-t-il, que leur beauté et leur soutien au parti whig sont les critères de nos choix.

Après que les valets eurent distribué encriers et plumes, chaque membre écrivit un nom sur une feuille en sachant qu'il ne pouvait pas voter pour son épouse. Pendant un court instant, on n'entendit que le grincement des plumes et le crépitement du feu dans la cheminée.

Lorsque tous les bulletins furent ramassés, Tonson recueillit les votes et égrena sous les applaudissements le nom de celles qui avaient été proposées par les membres.

C'est alors que Evelyn Pierrepont, comte de Kingston, un homme âgé d'une trentaine d'années, se leva en demandant à prendre la parole. Un soupçon de prétention émanait de sa personne. Il faisait partie des quatre cents grandes familles de propriétaires terriens du Nottinghamshire. Il avait la réputation d'être relâché de mœurs et d'impressionner tout le monde par ses grands airs.

Élégamment vêtu d'une veste de velours nouée par des brandebourgs dorés, ce veuf plutôt bel homme fit le tour de la salle en adoptant un regard hautain.

– Chers amis, dit-il, je viens d'entendre le nom des jeunes personnes que vous avez choisies. Et il est vrai qu'elles sont fort jolies. Mais je dois vous avouer que ma petite Mary les surpasse toutes par sa beauté et la vivacité de son esprit.

Les convives se lancèrent des regards étonnés.

– Certes, reprit-il, elle n'a pas encore 8 ans, mais que

je sache l'âge n'a jamais été une objection dans notre règlement.

– Notre ami a raison en ce qui concerne l'âge, répliqua Tonson, mais n'oubliez pas que la règle nous interdit de voter pour une personne que nous ne connaissons pas.

– Qu'à cela ne tienne, vous allez la voir, s'écria le comte.

Dans le brouhaha général, il reprit sa plume pour ordonner à la gouvernante de ses enfants d'apprêter sa fille aînée de sa plus belle robe et de la conduire à la taverne toutes affaires cessantes. Son cocher se saisit de la lettre et fouetta ses chevaux jusqu'au village de Chelsea, situé dans l'un des faubourgs de Londres. Une fois parvenu devant une belle demeure d'Arlington Street, il remit le pli au majordome Angus, le seul de la domesticité à savoir lire.

Après l'avoir observé, il donna ordre à la gouvernante Martha d'habiller « Mademoiselle », comme le souhaitait Monsieur.

Mary, Frances et William, qui avaient perdu leur mère très tôt, étaient entre les mains de celle qu'ils appelaient « la sorcière ». Elle se plaisait à leur raconter des histoires de monstres pour leur faire peur et cherchait à les prendre en défaut pour avoir le plaisir de les punir.

– Monsieur votre père, dit-elle à Mary en entrant dans la chambre où elle jouait aux cartes avec sa jeune sœur Frances, souhaite que vous le rejoigniez à la taverne de Gray's Inn.

– Mais... que me veut-il donc ?

– Je l'ignore, répondit Martha, en prenant son air pincé.

– C'est un ordre que je dois respecter, fit la petite fille, ravie de pouvoir échapper à sa gouvernante.

Elle décida alors de s'habiller toute seule. Plongeant sa main dans la douceur des tissus de sa garde-robe, elle choisit une robe en dentelle blanche. Après l'avoir serrée contre elle pour juger des effets dans le miroir, elle l'enfila avant de chausser ses plus jolies bottines.

Elle traversa le petit salon sur la pointe des pieds et s'arrêta devant le beau portrait de sa mère, coiffée d'un diadème de diamants. Les larmes lui vinrent aux yeux en pensant qu'elle était morte peu après la naissance de son frère William.

Comme elle connaissait la cachette du bijou, elle l'emprunta, heureuse de pouvoir honorer sa mère. Elle l'ajusta sur sa tête, émue de voir qu'il brillait encore de tous ses feux, Après avoir enfilé sa petite veste de fourrure blanche, elle sortit et s'installa dans la calèche d'un air décidé en demandant au cocher de rejoindre Gray's Inn au plus vite.

Le ciel était magnifique. La neige avait cessé de tomber et les étoiles scintillaient. Cette invitation était aussi troublante qu'excitante pour une jeune personne qui n'était jamais sortie aussi tard de chez elle. Mary se demandait pourquoi son père désirait la voir.

Quand elle pénétra dans la taverne, elle fut saluée par une salve d'applaudissements. Son cœur se mit à battre fort et ses joues devinrent rouges d'émotion. Troublée par la fumée âcre des pipes, elle chercha son père des yeux en se demandant pourquoi il l'exposait devant une assemblée de beaux esprits, appartenant pour la plupart à de grandes familles, mais tous passablement égayés par l'alcool.

Elle s'avança vers lui et s'inclina en guettant une approbation sur sa tenue.

– Vous êtes vraiment la plus belle ! dit-il en la prenant dans ses bras pour la présenter à la ronde.

Quand il la déposa, Mary croisa ses bras sur sa poitrine, étonnée qu'on l'applaudisse alors qu'on ne la connaissait pas. C'est alors que l'écrivain William Congreve se tourna vers son père.

– Votre fille est une merveille ! Admirez ses pommettes hautes et son beau regard noir. Regardez la manière dont elle se tient. On dirait une petite reine ! J'ignore ce qu'elle deviendra, mais je peux vous assurer qu'elle ne sera pas une personne ordinaire. Je pense même que le ciel lui a donné un destin hors du commun !

Ravie d'entendre les compliments des amis de son père sur sa petite personne, Mary souriait de plaisir.

Un toast lui fut accordé à l'unanimité et son nom fut gravé sur un verre comme le voulait la tradition.

Tous voulaient s'approcher d'elle pour l'embrasser. Elle passa des genoux d'un poète à ceux d'un ministre, alla dans les bras d'un autre qui lui caressa la joue en vantant sa beauté. On lui donna des friandises et des baisers.

« Plaisir, dira-t-elle plus tard, est un mot trop faible pour exprimer ce que j'ai ressenti ce soir-là. J'étais au bord de l'extase. »

C'est ainsi que la jeune aristocrate pénétra dans le cercle très fermé de l'esprit et du pouvoir politique, faisant, selon ses propres termes, « son entrée dans le tourbillon du monde ».

CHAPITRE 2

LES HONNEURS DE LA TABLE

Evelyn Pierrepont, comte de Kingston, appartenait à une haute lignée qui remontait au temps de la conquête de l'Angleterre par les Normands. À la disparition de ses frères, il avait hérité de leur fortune et des terres familiales. Avant de mourir, son épouse lui avait donné quatre enfants. Mary, qui était née en 1689, Frances un an plus tard, Evelyn en 1691 et William en 1692.

Occupé par la vie politique et les plaisirs, il s'intéressait peu à eux. Ils avaient été élevés par leur grand-mère Pierrepont, dans un domaine luxuriant de la New Forest où Guillaume d'Orange avait établi les chasses royales. Le manoir n'avait jamais été rénové et semblait dater de l'époque des chevaliers de la Table Ronde.

À l'époque, on avait peu d'attirance pour la campagne où l'on s'ennuyait, mais les enfants pouvaient s'ébattre au milieu des poneys et des biches qui animaient le grand parc ombragé de saules.

Les jeunes filles de la noblesse n'avaient pas la prétention de s'élever au niveau des garçons. Un peu d'histoire, des récits de voyage complétés par des « talents d'agréments », musique ou aquarelle, leur permettraient d'honorer leur mari plus tard.

Mary avait eu la chance de bénéficier des connaissances de sa grand-mère. Cette poétesse, dotée de caractère, avait décelé chez elle un tel désir d'apprendre qu'elle l'avait initiée très tôt à la lecture sur d'anciens fabliaux. Ces courts récits du Moyen-Âge, souvent amusants, lui plaisaient et elle les connaissait par cœur. Elle étudiait également le français qui était alors la langue officielle des cours d'Europe.

À la mort de leur grand-mère, les enfants s'installèrent chez leur père à Londres à l'exception d'Evelyn, la plus jeune, laissée à la garde de sa tante Cheyne qui, n'ayant pas d'enfant, l'avait en quelque sorte adoptée. Tous s'entendaient bien, même si William bénéficiait d'un statut privilégié en tant que futur héritier.

En grandissant, Mary était devenue une personne très attirante. Elle avait appris les belles manières et ses reparties séduisaient par leur fraîcheur. Son beau regard lui valait tant de compliments que le comte avait demandé à ses amis de ne plus la flatter pour lui éviter de s'enorgueillir.

Lors d'un souper, la jeune fille allait dévoiler un autre aperçu de ses talents. Ce soir-là, son père donnait une réception en l'honneur de Joseph Addison qui venait d'être élu membre du Kit Kat Club. Cet érudit, connu entre autres pour les poésies en latin qu'il avait composées à Oxford, revenait d'un voyage d'études à travers l'Europe. Il était accompagné de son complice Richard Steele, un personnage jovial et bon vivant qui attirait la sympathie. Comme à son habitude, le comte avait mêlé aristocrates, artistes et auteurs pour assurer le succès d'une soirée bien arrosée.

Dans les grandes maisons, l'organisation d'un tel événement était toute une affaire. Sous les ordres d'Angus, on avait rafraîchi les tapisseries, astiqué les couverts et sorti la vaisselle en porcelaine fine. Les femmes de chambre avaient déployé une nappe brodée de fils d'argent sur laquelle une douzaine de couverts étaient déjà mis. La lumière des grands chandeliers et le feu qui brûlait dans la cheminée réchauffaient l'atmosphère.

Mary allait avoir 13 ans et aurait bien aimé participer à la fête pour saluer les invités qu'elle aimait bien, le peintre Geoffrey Kneller ou William Congreve, le célèbre auteur de comédies. Elle dut se contenter de lire toute seule dans sa chambre.

Congreve arriva le premier.

– Allons-nous voir notre *little darling*, demanda-t-il à son hôte dans l'entrée.

– Non… Ce soir, ma fille va rester dans sa chambre.

– Mais pourquoi donc ?

– Elle est trop jeune pour assister à nos agapes et entendre nos plaisanteries.

– Quel dommage ! Votre fille est aussi belle qu'intelligente. Ses interrogations sur les choses de la vie me ravissent.

– Je préférerais, mon cher William, qu'elle passe moins de temps à s'interroger sur « les choses de la vie », comme vous dites, et que nous lui choisissions le mari qui convienne aux intérêts de notre famille.

– Quel prétendant pourrait être digne d'elle ? Ne croyez-vous pas qu'elle a plus de dispositions pour exercer son esprit que pour s'occuper d'un train de maison ? reprit Congreve pour l'agacer.

– Mon cher ami… Vous n'avez aucune idée de ce que peut être l'éducation d'une personne de sa condition. D'ailleurs je vais vous montrer ce dont elle est capable.

À ces mots, le maître de maison fit signe à son majordome.

– Angus ! Demandez à la gouvernante d'apprêter ma fille Mary. Ce soir, nous allons lui confier la découpe des volailles.

Le comte rappela alors à son cher William que l'art de la découpe était une tradition qui remontait au code de la chevalerie. Il l'avait lui-même appris auprès des plus grands maîtres. Plus la personne qui recevait était noble, plus la tâche devait être habilement exécutée.

Enchantée de participer à la fête pour la première fois, Mary ouvrit sa garde-robe en chantonnant puis, refusant de prendre conseil auprès de sa gouvernante, elle choisit une robe brodée de fleurs.

Alors qu'elle se préparait dans sa chambre, Martha frappa à sa porte.

– Mademoiselle, voulez-vous m'ouvrir, cria-t-elle pour que son père l'entende et finisse par la punir.

– J'ai déjà choisi mes vêtements. Maintenant que j'ai grandi, je n'ai plus besoin de vous pour décider de la manière dont je dois me vêtir.

Martha faillit s'étouffer de rage. Après qu'on lui eut ouvert, elle lui fit enlever ses beaux vêtements et l'obligea à enfiler une vilaine blouse grise pour ne pas se salir pendant la découpe des volailles. Puis la gouvernante la contraignit à patienter seule dans l'office, à peine éclairé d'une petite chandelle. Ce soir-là, elle lui refusa d'allumer un feu dans sa chambre pour qu'elle découvre combien il était désagréable d'avoir froid la nuit.

Une fois les invités placés, on servit la soupe, puis selon l'usage, les meilleurs vins français. La petite Mary entra dans la salle à manger, au moment où Joseph Addison racontait son voyage en Europe, en se moquant des Français qui « chantaient, riaient, mais mouraient de faim ».

Quand son père la présenta à ses amis avec une évidente fierté, elle avait l'impression que son cœur battait fort.

– Ma fille vous a impressionnés lors du toast porté en son honneur à Gray's Inn, dit-il fièrement. Ce soir, elle va vous démontrer son habileté à pratiquer l'art de la découpe. Vous allez vous apercevoir qu'elle est devenue une jeune personne qui saura, le moment venu, faire honneur à son époux.

La petite Mary était rose d'émotion. Si elle n'était pas encore sûre d'elle et doutait de sa séduction, elle désirait se montrer à la hauteur de sa tâche.

Après avoir été longuement applaudie, elle prit place devant la desserte où un valet déposa devant elle le torpilleur, un grand plat contenant des chapons dodus et dorés à souhait.

Quand elle se mit à l'œuvre, un silence respectueux régna dans la salle à manger. Les invités étaient surpris et admiratifs de voir son habileté à enfoncer d'une main ferme deux fourchettes dans la partie inférieure de l'une des volailles pour l'immobiliser.

Comme on le lui avait appris, elle fit ensuite une première entaille entre le pilon et le gras de la cuisse. Puis elle découpa le long du bréchet pour détacher l'aile en veillant à ne pas laisser de chair sur la carcasse.

Les invités étaient émerveillés par cette petite jeune femme qui mettait tout son cœur à l'ouvrage. Ils l'applaudissaient chaque fois qu'elle déposait un morceau sur l'assiette qu'un valet lui présentait.

À la fin, elle dégagea le suprême, la pièce la plus noble de la volaille, qu'elle nappa d'une crème onctueuse à la truffe après avoir pris soin de détacher avec une petite cuillère les deux sot-l'y-laisse, les morceaux de choix qu'elle réserva à Joseph Addison dont on fêtait le retour.

Une fois que les assiettes furent placées devant les convives, Mary qui était fière d'avoir impressionné son père et ses amis fut longuement acclamée. Elle aurait bien aimé prolonger la fête, mais comme l'atmosphère s'échauffait, que les verres ne cessaient de se remplir, que les propos devenaient de plus en plus lestes, le comte lui fit signe de se retirer.

Alors qu'elle s'éclipsait à regret, William Congreve lui donna un baiser sur la main, puis il se tourna vers son hôte en levant son verre :

– Cher ami, nous devons reconnaître que votre fille a vraiment tous les talents !

CHAPITRE 3
LA BIBLIOTHÈQUE INTERDITE

Du printemps jusqu'à la fin de l'été, la famille s'installait au château de Thoresby. Il avait été conçu dans le style palladien alors très à la mode et avait une vue magnifique sur la vallée. Une petite rivière la traversait qui allait se perdre tranquillement dans un lac en contrebas. Le comte, qui était très fortuné, avait réussi à agrandir le domaine en acquérant une parcelle de la fameuse forêt de Sherwood qui avait donné naissance à la légende de Robin des Bois.

Ses enfants se cachaient dans le creux des grands chênes pour faire croire qu'ils avaient disparu. Rien ne les amusait davantage que d'entendre alors sonner la grande cloche qui les rappelait au château. Ils se débrouillaient pour perdre encore un peu de temps avant de rentrer afin d'agacer leur père.

S'il exigeait d'eux une conduite exemplaire, il ne se souciait guère de leur éducation. On le soupçonnait d'être amoureux d'une jeune fille qu'il fréquentait en cachette. Il disparaissait en faisant croire à ses enfants qu'il était un gentilhomme très affairé. Mais ceux-ci n'étaient pas dupes. Quand ils voyaient son attelage disparaître sur la grande allée, ils s'en moquaient en espérant qu'il s'absente le plus longtemps possible pour avoir la paix.

L'été, ils retrouvaient leurs amis aux courses de Nottingham qui attiraient aristocrates et propriétaires de tout le pays.

Sans amie de son âge, Mary s'ennuyait. Lasse de relire les mêmes illustrés le soir à la chandelle, elle recherchait des ouvrages plus excitants. Le château était doté de l'une des plus belles bibliothèques du comté, mais son père, qui ne la fréquentait guère, lui interdisait d'y pénétrer. Ce qui la rendait encore plus attirante. On disait que les plus grands relieurs étaient venus de Paris pour travailler les peaux et que certains ouvrages étaient magnifiquement décorés.

Cet été-là, leur père quitta ses enfants plus tôt que de coutume. Mary décida que le moment était venu de contourner l'interdit. La difficulté n'était pas tant de déjouer la surveillance de la gouvernante que de se procurer la clé pour y pénétrer.

Elle chercha à obtenir la complicité de son frère William auquel elle était très attachée. Il avait 12 ans et avait la chance de bénéficier d'un tuteur qui le préparait à entrer au Trinity College de Cambridge. Parce qu'il était un garçon, il avait le droit de faire des études et de fréquenter la bibliothèque autant qu'il le désirait. Mary ne comprenait pas les raisons de cette injustice et en souffrait.

Une après-midi, alors qu'ils s'amusaient au bord du lac à jeter des cailloux sur les cygnes, ce qui leur était naturellement interdit, elle chercha à savoir ce qu'on lui enseignait qu'elle ne puisse apprendre.

– De l'arithmétique, lui répondit William, un peu de géographie, du français, et surtout du grec et du latin.

– Du latin ? Pour comprendre les prêches de l'abbé Burnet lorsqu'il officie dans la cathédrale de Salisbury ?

– Pas seulement ! On dit que la connaissance du latin permet de renforcer le raisonnement et la mémoire. C'est la langue des érudits comme Isaac Newton.

– Isaac Newton. Qui est ce Monsieur dont je n'ai jamais entendu parler ?

– C'est un grand savant qui aime les étoiles et a inventé le télescope pour les observer.

Il y eut un silence où l'on n'entendit que le bruit des jets d'eau.

– Je souhaiterais moi aussi apprendre le latin, reprit Mary.

– Vous savez bien que notre père pense que vous n'avez pas besoin d'avoir des connaissances pour plaire à un mari !

Son visage s'assombrit.

– Ainsi, parce que je suis une fille, je devrais me passer d'ambition et de savoir ?

– Ne vous chagrinez point, répliqua William en lui caressant la main. Si je pouvais vous aider, je le ferais de bon cœur !

– Dites-moi seulement où est cachée la clé de la bibliothèque, dit-elle en se rapprochant de lui.

– Mais notre père vous interdit d'y pénétrer !

– Peut-être pourriez-vous être assez charmant pour être mon complice, non ? Vous savez bien que je rêve de voir les beaux ouvrages que notre famille a réunis au fil du temps.

Sentant que son frère s'attendrissait, elle le serra contre son cœur.

– Surtout ne dites rien à personne, lui dit-il.

Mary esquissa un sourire.

– Rassurez-vous, personne n'en saura rien ! Vous me connaissez assez pour pouvoir être certain que je ne vous dénoncerai jamais…

William, qui s'était laissé séduire, lui remit la clé et le lendemain elle s'enferma à double tour dans la bibliothèque.

Son premier geste fut d'écarter les tentures afin de laisser pénétrer un peu de lumière. La pièce lui parut imposante, majestueuse mais abandonnée. L'écritoire avait perdu ses couleurs, les encriers étaient secs et les plumes effilochées.

La hauteur des murs tapissés d'acajou l'impressionnait également, mais elle l'était plus encore par le nombre d'ouvrages qui garnissaient les étagères et sentaient bon le cuir ancien.

Elle tourna autour du fauteuil de son père, trop respectueuse pour oser s'y installer. Quand elle entendit du bruit dans le couloir, elle referma délicatement les rideaux, en se demandant comment prendre discrètement possession des lieux.

Comme le comte tardait à revenir, elle grimpa un matin sur l'échelle de cuivre pour examiner les ouvrages qui étaient alignés sur les plus hautes étagères. La plupart d'entre eux avaient des titres en latin et elle avait du mal à retenir le nom de tous ces auteurs inconnus. Cependant son regard fut attiré par les *Métamorphoses* d'un certain Ovide.

Quand elle ouvrit le livre près de l'embrasure de la fenêtre, un rayon de lumière éclaira la page au-dessus de son épaule. Il s'agissait d'un long poème composé de légendes mettant en scène des dieux et des héros antiques. Elle fut impressionnée de voir qu'il contenait des milliers de vers en latin, une langue qu'elle ne connaissait pas.

Ces *Métamorphoses* semblaient raconter l'histoire du monde depuis le chaos originaire jusqu'à l'apothéose d'un certain Jules César, un bel homme fier de lui qui avait laissé partout des sculptures à son effigie. Si César, pensa-t-elle naïvement, parlait la langue des anciens, elle aussi pourrait essayer de l'apprendre.

Elle craignait que son père lui refuse de venir travailler dans sa bibliothèque. Elle avait à cœur de lui prouver qu'elle n'était pas seulement attirée par les belles robes et les bijoux, mais avait le désir d'étudier.

Quelques jours plus tard, quand la cloche du château sonna vers midi, ses filles comprirent que le comte était de retour et que c'en était fini de leur liberté, des petits secrets et des discussions les pieds dans l'eau. Du balcon intérieur, elles observaient le personnel qui s'affairait dans le grand hall. Un valet prenait sa perruque pour la dépoussiérer, un autre brossait ses habits et les autres portaient ses malles.

Alors qu'il s'attendait à être salué par tous ses enfants, seul William vint le rejoindre dans le petit salon où Angus lui servit du thé. Il se plaignit que son coche ait été ralenti par les intempéries, que le voyage avait été épuisant et qu'il avait dû dormir dans de méchantes auberges où il avait été, tout noble qu'il était, harcelé par de sales bestioles.

– Où sont passées mes filles ? demanda-t-il à Martha en réalisant qu'elles n'étaient pas venues le saluer.

– Je crois, Monsieur, qu'elles se préparent pour vous faire honneur !

– Se sont-elles bien conduites en mon absence ?

La gouvernante prit un air désolé.

– Je dois vous dire que votre fille aînée a osé pénétrer dans votre bibliothèque sans me demander l'autorisation. Angus m'a certifié qu'elle s'y enfermait à double tour presque tous les jours.

– Faites la venir immédiatement !

La gouvernante esquissa alors un sourire de plaisir.

Peu de temps après, Mary se présenta au comte avec sa jolie robe plissée. Elle lui fit la révérence. En voyant l'air sombre de son père, elle comprit qu'elle avait été trahie.

– On vient de m'apprendre, dit-il en lui donnant sa main à baiser, que vous m'avez désobéi en pénétrant dans ma bibliothèque.

Elle avait préparé ses arguments.

– Pardonnez-moi mon père ! Je voulais seulement m'assurer que les beaux ouvrages de notre famille n'aient pas été abîmés par l'humidité qu'on dit désastreuse pour les papiers.

– Vous ne répondez pas à ma question ! reprit-il d'un ton sévère. Reconnaissez-vous que vous m'avez désobéi ?

– Comprenez-moi ! À la campagne, nous sommes isolés. Quand je regarde la belle prairie devant le château, une fois que j'ai admiré les grands arbres et que je me suis laissé bercer par le murmure des jets d'eau, il n'y a rien qui excite ma pensée…

Son père pensait qu'elle se moquait de lui, mais il la laissa parler.

– Mes amies Anne et Philippa habitent dans le comté voisin. Malheureusement je n'ai pas de voiture pour leur rendre visite. Notre frère va nous quitter pour étudier à Cambridge. Nous sommes seules, Frances et moi. Nous n'apprenons que les menus incidents à la ferme ou dans les environs. Et cela ne remplit pas notre vie !

Le comte lui jeta un regard sévère.

– Je vous trouve bien impertinente d'oser vous plaindre ainsi !

– Je ne souhaite pas, mon père, ressembler à ces personnes ignorantes et ennuyeuses que nous pouvons rencontrer à Londres ou à la campagne. J'ai pensé que vous seriez fier que je cherche à m'instruire dans une bibliothèque que tout le monde nous envie.

– Comment pourrais-je être fier de vous alors que vous me désobéissez ? J'espère au moins que vous n'avez pas touché aux beaux ouvrages dont certains sont épuisés ou valent des fortunes ?

– J'ai seulement ouvert les *Métamorphoses* de Monsieur Ovide pour voir si j'étais capable de déchiffrer du latin.

– Du latin ? Vous perdez votre temps ! Vous feriez mieux de vous perfectionner dans des arts où vous ne brillez guère comme la musique ou la broderie.

Mary se détendit au point d'esquisser un petit sourire.

– Vous connaissez ma maladresse et savez que je me blesse plus souvent avec les aiguilles qu'avec une plume ! Je promets de vous obéir comme vous le souhaitez. Mais avant de me donner à l'époux que vous m'aurez choisi, permettez-moi, je vous en prie, de passer du temps au milieu de vos beaux livres.

Quelques jours plus tard, alors qu'il s'apprêtait à accompagner son fils à Cambridge, le comte, qui avait été impressionné par les talents de sa fille, lui accorda son autorisation. Il pensait que ce serait une manière de la faire se tenir tranquille en attendant qu'il lui trouve un riche mari.

Avant de partir, William lui prêta dictionnaire et grammaire. Il lui offrit aussi une belle écritoire en porcelaine avec d'élégantes plumes d'oie pour lui donner du cœur à l'ouvrage.

Comme elle étudiait cinq à six heures par jour, elle put acquérir toute seule ses premières notions de latin. Sa chasse aux fautes d'orthographe était attendrissante. Et son écriture commençait à s'améliorer.

Plus tard, on trouvera ses notes dans de vieux carnets. Elle y demandait qu'on lui pardonne ses erreurs :

« Pour trois raison (sans "s")

Parce que :

1. je suis une femme
2. sans aucun avantage d'éducation
3. tout ceci fut écri (sans "t") à l'âge de 14 ans. »

CHAPITRE 4
LA COMPLICITÉ AVEC WILLIAM CONGREVE

Le savoir de Mary ne provenait pas seulement de ses lectures, mais aussi de ses rencontres avec les personnalités qui fréquentaient le salon de son père, comme William Congreve. Celui-ci était réputé pour ses comédies de mœurs « sexuellement explicites », où il attaquait les puritains, hostiles au plaisir et hypocrites dénonciateurs du péché de chair.

Cet être charmant et plein d'esprit admirait Mary qui s'était cultivée toute seule, ce qu'aucune autre jeune personne de son entourage n'avait jamais accompli.

Un jour d'automne, ayant appris que son père était en voyage, il vint lui rendre visite.

Le majordome Angus le fit patienter dans le petit salon en lui servant un usquebaugh, son whiskey irlandais préféré. Après s'être installé sur le canapé, il sortit sa tabatière pour aspirer une prise tout en admirant les tableaux de Raphaël et de Michel-Ange accrochés aux murs. Comme certains membres fortunés du parti whig, Kingston, qui était pourtant dénué de sens artistique, prenait plaisir à acquérir des œuvres d'art italiennes.

Quand Mary vint le rejoindre, le dramaturge fut impressionné par la tristesse de sa mine et lui demanda quelles étaient les raisons de son chagrin.

– À vous, je peux parler, dit-elle en reniflant dans les dentelles de son mouchoir. Mais à mon père c'est impossible. Depuis qu'il m'a autorisée à utiliser sa bibliothèque, je vois bien qu'il n'y a aucun endroit au monde où nous, les femmes, sommes traitées avec un si grand dédain qu'en Angleterre. Nous sommes condamnées à l'ignorance et tout contribue à étouffer notre raison.

– Vous êtes loin d'être ignorante ! répliqua Congreve en lui prenant la main.

– Je ne suis plus une petite fille ! À la campagne, où nous sommes seules, je n'ai que mon chat pour m'exercer à la conversation et trouver de belles phrases, allant même jusqu'à imiter Monsieur de La Fontaine dont je commence à étudier les fables.

Sa réflexion amusa l'écrivain.

– N'y aurait-il pas une autre cause à votre chagrin ?

– Oui, peut-être… Je ne peux souffrir l'idée que mon père veuille m'imposer un mari, comme cela est la règle dans nos familles.

– Vous savez bien que le mariage est un risque, mais est aussi une nécessité !

– Si mon père croit qu'un riche mari pourrait m'apporter le bonheur, il se trompe ! Je n'épouserai jamais un être qui passerait ses journées à chasser ou à jouer au whist ! Il faudrait que je puisse choisir une personne raffinée pour qui j'éprouverais des sentiments et avec qui je partagerais des idées… Quelqu'un comme vous !

Tous deux éclatèrent alors de rire.

– Voilà qui pourrait me valoir une bonne bastonnade de Monsieur votre père !… Nous autres auteurs sommes destinés à railler les défauts de l'époque et à dénoncer ce qui doit l'être. Si j'utilise les malheurs des jeunes femmes dans mes comédies, je sais qu'elles ne sourient pas souvent dans la vie !

Sa remarque la toucha. Elle savait qu'elle n'avait pas le droit d'exprimer ses sentiments et ne devait pas tomber amoureuse d'un autre homme que celui que son père aurait choisi.

– J'ai vraiment l'impression, reprit-elle, que nous sommes vendues comme des esclaves. Vous ne pouvez pas imaginer ma souffrance ! Mon père recherche de riches aristocrates qui aient les moyens d'acheter ses filles à l'encontre de leur désir. Et je ne peux même pas dire quel prix il mettra sur moi !

Congreve l'observa en souriant.

– Vous savez qu'il n'est guère plus enviable de rester vieille fille, condamnée à la solitude et à la pauvreté.

– Comme vous pouvez le supposer, je n'éprouve naturellement aucune attirance pour cet état. À Thoresby devant ma fenêtre, il y a un vieux chêne à moitié dégarni. Quand il est secoué par le vent, il me fait penser à une vierge chargée d'ans, chauve, édentée, atteinte de paralysie tremblante !

– *Little darling*, vous devez chasser ces idées sombres de votre esprit ! Si vous êtes subtile, et vous l'êtes, tous les princes du royaume voudront d'une reine comme vous !

Après l'avoir réconfortée, il lui demanda si elle avait vu sa pièce de théâtre *Le Train du monde.*

– Hélas non ! Quand elle se jouait au palais royal, mon père me jugeait trop jeune pour la voir. Sans doute redoutait-il que vos dialogues ne m'inspirent de mauvaises pensées !

Sa remarque amusa Congreve.

– Je pense que vous pourriez vous inspirer de mon héroïne Millamant. Elle est belle, comme son amant Mirabell est beau. Elle est son égale en tout, surtout par l'esprit. Elle tient son monde à distance avec douceur ou brutalité suivant les cas. À la fin de la pièce, elle n'accepte son prétendant qu'après s'être assurée qu'il était digne d'elle et lui avoir imposé les conditions d'un mariage équilibré.

– Elle a de la chance, votre Millamant, de pouvoir choisir le mari qui lui plaît !

– La vie est un théâtre et chacun y joue son rôle, reprit Congreve. Le vôtre serait peut-être d'être l'une des premières aristocrates à choisir son mari.

– Je crois que mon père préférerait que je reste vieille fille plutôt que de me voir avec un prétendant qu'il n'aurait pas choisi !

– Ne pourriez-vous pas lui faire le plaisir de lui obéir ?

– Le plaisir… Tiens… C'est un mot que nous n'utilisons pas ! Pourtant j'ai lu dans sa bibliothèque qu'il y avait des personnes qui recherchaient le bonheur et le plaisir…

– C'est vrai, dit Congreve. On les appelle des épicuriens. Ce sont des philosophes qui recherchent la belle vie…

– La belle vie, fit-elle rêveuse… Je me demande si je la connaîtrai un jour.

Après avoir repris une pincée de tabac, il se pencha vers elle.

– Dites-moi plutôt quelles sont vos lectures du moment.

– Je viens d'achever *La Princesse de Clèves* de Madame de La Fayette. C'est un roman magnifique qui évoque les tourments et les désordres du cœur. J'ai été étonnée qu'une aristocrate française puisse publier des livres sans faire scandale comme chez nous. Si les mariages d'amour existent en France, ici, nous n'avons droit qu'aux « mariages de convenance », c'est-à-dire à accepter la personne choisie par notre père pour sa fortune, au détriment de nos inclinations, même si cela doit détruire notre vie.

Congreve lui prit la main pour y déposer un baiser.

– J'ai le sentiment que vous aimeriez écrire, voire devenir écrivain…

– Oui, fit-elle d'une voix timide, comme si elle avait peur que son père l'entende. Pour le moment, je ne suis pas très ambitieuse et je ne conçois que des petits poèmes, des « *juvenilia* », naturellement en cachette de mon père.

Après avoir hésité, elle lui demanda s'il aimerait les lire.

– Rien ne me plairait davantage que de découvrir vos talents de plume !

Mary monta dans sa chambre pour prendre la boîte en cuir où elle cachait ses écrits.

– Dites-moi ce que vous en pensez sans chercher à me faire plaisir, lui dit-elle à son retour.

Après avoir lu quelques pages, Congreve lui donna un conseil :

– Lorsque vous peignez des héros, vous faites ce que vous

voulez. Ce sont ce qu'on appelle des « portraits à plaisir » où l'on ne cherche point de ressemblance. Vous n'avez qu'à suivre votre imagination qui souvent laisse le vrai pour attraper le merveilleux. Mais lorsque vous peignez les hommes, il faut les copier d'après nature. On veut que les portraits soient ressemblants !

– C'est vraiment beau ce que vous dites, fit-elle, éblouie par ses remarques.

– Vous avez du piquant et du talent, reprit Congreve. Je pense que vous pourriez écrire des lettres comme Madame de Sévigné.

– Madame de Sévigné ? répéta-t-elle avec un petit accent français charmant. Mais qui est cette personne ?

– C'est une grande dame qui souffrait d'avoir été séparée de sa fille après son mariage. Elle lui écrivait de belles lettres, tenait la gazette de la Cour, racontait les histoires d'amour, la mort des grands personnages français comme Turenne ou Condé.

– Je crois que cela déplairait autant à mon père que si j'écrivais des romans ! Dites-moi… N'auriez-vous pas quelque suggestion à me faire ?

– Ma chère Mary, répondit Congreve après avoir bu une dernière gorgée de whiskey, vous êtes une femme et en tant que femme vous ne devez jamais dire ce que vous pensez, mais rien ne vous empêche de faire le contraire de ce que vous dites !

CHAPITRE 5
LE GOÛTER EN MUSIQUE

Du temps avait passé. Malgré de petits nuages et une brume légère, la belle saison était déjà là, redonnant des couleurs aux champs de la région. Parvenu au sommet d'une colline de rochers escarpés, Edward Wortley arrêta son cheval pour admirer le domaine familial qui s'étendait à ses pieds et était traversé par la rivière Don. Il était le fils de l'honorable Sidney Montagu qui avait épousé la fille illégitime de Sir Francis Wortley dont il avait hérité les terres et le nom.

Une partie de ces terres était cultivée, l'autre boisée et vallonnée. Si la vie était rude dans cette région du Yorkshire où les hommes s'adonnaient à l'alcool et au braconnage, l'exploitation des mines de fer et de charbon rapportait des revenus importants à sa famille.

Cet ancien élève de Cambridge avait suivi de brillantes études de droit qu'il avait complétées par le « Grand Tour », un long voyage effectué par les jeunes gens de la haute société européenne. Il était destiné aux aristocrates pour parfaire leur éducation, après leurs études, essentiellement fondées sur les humanités grecques et latines.

Il siégeait au Parlement parmi les whigs dont il était l'un des plus jeunes membres. L'année précédente, il avait fait adopter une loi pour naturaliser les protestants français qui s'étaient exilés en Angleterre après la révocation de l'édit de Nantes.

Sans s'attarder plus longtemps, il redescendit au galop vers le manoir familial qui n'avait rien de grandiose, mais ne manquait pas de charme avec sa petite chapelle et ses fermes. À 30 ans, il n'était pas encore marié, sans que l'on sache si cela était dû à son caractère réservé ou s'il n'aimait pas les femmes.

À la demande de leur père, ses sœurs, Anne et Katherine, avaient organisé une après-midi dansante, pour lui présenter une certaine Elizabeth Wentworth, considérée comme l'un des plus beaux partis du comté. Ce qui était dû plus à la richesse de sa famille qu'à sa beauté.

À sa descente de cheval, Anne pressa son frère de se changer pour faire honneur à leurs invités. Cette ingénue au visage fin, éclairé par des yeux tendres, avait été, elle aussi, élue « beauté de la soirée » au Kit Kat Club.

– J'aimerais vous présenter notre chère Lady Mary, dit-elle à Edward.

– Mais de qui voulez-vous donc parler…

– Voyons ! De la fille du comte de Kingston, devenu récemment marquis de Dorchester. Elle vient de fêter son vingtième anniversaire. C'est une jeune personne qui ne cherche pas tant à plaire par sa beauté que par son esprit.

On raconte que la vivacité de son regard impressionne et trouble les garçons de son âge.

– Serait-elle une déesse descendue de l'Olympe ? fit Edward, moqueur.

– Ne plaisantez pas… Vous allez vite tomber sous ses charmes, car en plus de ses qualités, elle est passionnée de lecture. On dit même qu'elle aurait étudié le latin en cachette de son père.

– Une jeune fille prenant plaisir à traduire les langues anciennes, je n'en ai jamais rencontré !

– Voyons, Anne, lui rappela Katherine. Notre après-midi dansante n'a pas été organisée pour qu'Edward rencontre Mary Pierrepont, mais Elizabeth Wentworth qui est, ne l'oublions pas, un beau parti pour lui et notre famille.

– On la dit plutôt triste et peu ouverte aux agréments de l'esprit.

– Allons, mon frère, avez-vous vu dans quel état vous êtes ? Allez donc vous décrotter et vous apprêter pour nous faire honneur.

La distance avait obligé les invitées à venir la veille pour avoir le temps de profiter de la fête. La plupart d'entre elles disposaient d'une voiture personnelle et d'un cocher armé car les routes étaient dangereuses et très mal fréquentées.

Même si leur éducation avait souvent fait d'elles des personnes réservées et timides, elles étaient accoutumées à fréquenter belles demeures et châteaux.

Mary s'était déplacée avec la jeune Philippa Mundy qui vivait dans le comté voisin. Les deux amies n'auraient manqué pour rien au monde cet événement, car les occasions de se retrouver entre elles étaient rares.

Elles s'apprêtaient dans l'une des chambres qui leur avaient été réservées. Pendant que Mary tapotait ses joues avec de la poudre, Philippa lui demanda si elle connaissait Edward Wortley.

– Je pense l'avoir aperçu aux courses de Nottingham, il y a fort longtemps, mais je n'en ai gardé aucun souvenir. Il est plus âgé que nous et j'ai cru comprendre qu'il était toujours célibataire.

– Attendons de voir comment il va se conduire au milieu de toutes ces tourterelles, s'écria Philippa en esquissant un pas de danse.

C'était une journée pleine de charme. Le parc était resplendissant de fleurs. Les tulipes s'épanouissaient, plus belles que jamais. Les roses trémières atteignaient presque la hauteur des arbres.

Le personnel avait préparé le thé dans l'office en disposant toutes sortes de friandises, d'assortiments de tartelettes et de crèmes parfumées sur les plateaux d'argent. Les unes après les autres, les jeunes filles prenaient place sur les chaises alignées contre les murs. Quand 4 heures sonnèrent, le majordome fit ouvrir les portes du grand salon.

Au-dessus de la cheminée où le feu avait été remplacé par des brassées de fleurs, le portrait de la grand-mère Montagu semblait surveiller ce petit monde pourtant bien sage.

Anne, qui avait remonté ses cheveux pour mettre en valeur son élégant port de tête, accueillait ses invitées en glissant un mot gentil à chacune. Rayonnante dans sa robe de soie brodée de fleurs argentées qui se mouvait sur ses hanches en soulignant sa taille incroyablement fine, Mary prit place aux côtés de Philippa.

Katherine vint bientôt les rejoindre.

– Regardez la jeune personne qui se tient à l'écart là-bas, leur dit-elle. C'est Elizabeth Wentworth, qui vient d'une vieille famille, noble et fortunée. Notre frère ferait un beau mariage s'il l'épousait. On la présente comme une personne douce et raffinée.

Après qu'elle se fut éloignée, Philippa chuchota à l'oreille de son amie :

– Elle me paraît dénuée de charme avec sa chevelure terne et ses bras trop maigres.

– Vous avez raison, fit Mary, il me semble qu'il lui manque ces rondeurs qui permettent au désir de s'attarder sur la courbe d'une épaule ou sur la naissance de la gorge. Quant à Edward Wortley, nous allons bientôt découvrir dans quelle catégorie de prétendants il convient de le classer…

Sachant que leurs lettres étaient lues par leur famille, les deux amies avaient imaginé un code pour définir ceux qu'on pourrait leur imposer.

Pour les garçons jugés désirables, on parlait de Paradis, de Purgatoire s'ils paraissaient supportables, et d'Enfer s'ils étaient détestables.

Toutes les deux rêvaient bien entendu d'un Paradis sans trop y croire.

Lorsque Edward Wortley se présenta à l'entrée du salon, toutes les jeunes filles l'admirèrent. Il portait un gilet et une veste de velours gris-bleu avec le blason de sa famille brodé sur le revers. Mary trouva qu'il était un homme de belle prestance, aux traits fins et réguliers. Et ne manquait pas d'allure.

– Il est plutôt attirant, murmura Philippa, mais je trouve qu'il a l'air de se prendre très au sérieux.

– Il faudrait qu'il se surveille pour ne pas tomber dans le ridicule avec ses grands airs, répliqua Mary qui semblait pourtant le trouver à son goût.

Wortley fit le tour des invitées pour les saluer. Quand il se trouva face à elle, il fut troublé par sa beauté.

– Ma sœur m'a souvent parlé de vous, dit-il en s'inclinant.

– Vous a-t-elle confié quelque chose qui vous soit agréable ?

– Je ne vous cacherais pas que j'ai été surpris d'apprendre votre goût pour l'étude. Il est rare de rencontrer une jeune fille avec qui on puisse avoir le plaisir d'une conversation sérieuse.

– Je crains fort qu'à me vouloir sérieuse, vous ne me mettiez en grand danger de devenir ennuyeuse ! Comme vous le voyez, j'aime autant les plaisirs que l'étude, fit-elle pour l'attiser.

– Anne m'a assuré que vous avez appris le latin. Je ne peux le croire !

– C'est pourtant vrai ! Vous savez bien que nous n'avons pas le droit de nous consacrer à l'étude. J'ai mis beaucoup de temps à obtenir l'autorisation de mon père pour m'installer dans sa bibliothèque. Maintenant je passe mes journées au milieu des dictionnaires et des grammaires…

– Et que pense-t-il de vous ?

– Il serait plutôt fier de sa fille, mais il se demande comment j'ai réussi à déchiffrer le latin toute seule !

Edward, qui était déjà sous son charme, chercha à se mettre en valeur à son tour.

– Je prends moi-même plaisir à lire dans cette langue. Je viens d'ailleurs de finir l'ouvrage de Quinte-Curce sur Alexandre le Grand. Auriez-vous un auteur préféré ?

– Chercheriez-vous à m'éprouver ? Sachez que je me consacre, moi, aux *Métamorphoses* d'Ovide, à l'enlèvement d'Europe, à la pluie d'or sur Danaé sans oublier la transformation de Jupiter en cygne pour séduire Léda.

Edward Wortley comprit qu'il se trouvait face à une jeune femme qui avait de la personnalité. Il aurait volontiers poursuivi leur conversation si Katherine n'avait pas été inquiète de le voir s'attarder auprès de Mary.

Aussi décida-t-elle de commencer les festivités.

– L'une d'entre vous voudrait-elle chanter ou jouer de la musique ? lança-t-elle à la ronde.

Comme personne n'osait se donner en spectacle, elle se tourna vers son amie Carolyn.

– Si vous vouliez vous mettre au clavecin, nous pourrions commencer à danser…

La jeune fille se leva pour se diriger vers l'instrument. Elle attaqua un air entraînant de *country-dance*, qui était très apprécié à la campagne pour sa simplicité. Elle comportait des figures précises comme dans la belle danse à la française, mais les pas étaient laissés à la fantaisie des danseurs. Comme dans la vie, on se séparait, on se retrouvait et on se quittait à nouveau.

Mary, qui ne boudait pas son plaisir, virevoltait avec grâce. Edward ne la quittait pas des yeux et il fallut toute l'insistance de sa sœur pour l'obliger à inviter sa promise.

Quand il se trouva face à elle, il lui lança :

– Vous semblez incarner la déesse de la danse !

– À tout prendre, je préférerais être Athéna, la déesse de l'intelligence !

Chaque fois qu'ils se rencontraient, ils essayaient de se surprendre par leurs compliments.

Katherine, qui les surveillait de loin, commençait à s'agacer.

Quand la musique cessa, elle s'empressa de faire la leçon à son frère.

– Auriez-vous oublié les usages de notre rang ? Je vais rester près de vous pour m'assurer que vous ne quittiez pas Elizabeth, comme vous l'avez promis à notre père.

Le soir dans son lit, Mary repensa à Edward sans parvenir à trouver le sommeil. Elle sentait que quelque chose s'était passé entre eux. Une sorte d'attirance comme elle n'en avait jamais connu. Le lendemain, elle se leva de bonne heure pour essayer de le revoir. Mais, quand elle se présenta, toute pimpante au petit déjeuner, elle fut fort déçue d'apprendre qu'Edward venait de partir à la chasse avec son père.

CHAPITRE 6
LA DISCUSSION AVEC PHILIPPA

Après la fête, Philippa raccompagna son amie à Thoresby où elles séjournèrent ensemble pendant quelques jours. Les deux jeunes femmes étaient désireuses de se faire des confidences, aussi s'éloignèrent-elles du château un matin pour évoquer la soirée chez les Montagu. À la campagne, personne ne pouvait les entendre et elles échangeaient leurs affaires de cœur.

– Alors Edward ? Paradis, Purgatoire ou Enfer ? demanda Philippa.

– Vous me voyez dans l'embarras pour vous répondre. Je ne le connais pas assez pour en juger ! Il semble être dans la retenue et ne pas se livrer aisément.

– Vous paraissiez pourtant complices !

– Notre échange était une manière un peu enfantine de s'attiser, d'autant plus que sa sœur nous surveillait.

– Que vos familles soient de même rang devrait faciliter vos relations, ne croyez-vous pas ?

– Il est vrai que mon père pourrait voir en lui un prétendant acceptable, mais je préfère ne plus y penser puisque Elizabeth Wentworth semble être le choix des Montagu.

En suivant un petit sentier bordé de roses trémières, Philippa avoua à son amie, les larmes aux yeux, qu'elle avait perdu son « Paradis ».

– Celui à qui vous prêtiez toutes les qualités de fortune, de sérieux et d'amitié ? lui demanda Mary.

Philippa confirma d'un signe de tête.

– Mais que s'est-il donc passé ?

– Peu avant d'avoir obtenu la licence de mariage, sa famille a rompu les tractations en cours avec mon père et a décidé de lui faire épouser une jeune personne plus fortunée. Mon chagrin a été si grand que j'ai failli me jeter dans la rivière.

Mary lui passa le bras sur l'épaule pour la réconforter.

– Il est vrai que nous sommes traitées comme des êtres infantiles. Qu'on décide de nous marier sans nous laisser le choix est source d'une grande anxiété. Nos familles nous répètent que le mariage est une affaire d'argent et non de sentiment ! Des « Paradis » nous plaisent, mais nous pouvons en être privées sous prétexte qu'ils ne sont pas assez riches ou titrés.

– Qu'y pouvons-nous ? s'écria Philippa.

– Nous devons évoluer, insista Mary, toujours prête à lutter contre l'adversité. Mon père essaye de me persuader que le mari qu'il me choisira pourrait m'apporter le bonheur ! Plus j'y songe, moins j'y crois !

– Nous ne pouvons pas entrer en conflit avec nos familles.

Rester vieille fille est une déchéance qui ne peut nous conduire qu'au malheur et à la pauvreté !

Mary la regarda avec étonnement.

– Je ne suis pas d'accord avec vous. Nous devons absolument, je dis bien absolument, refuser un mariage arrangé. J'ai bien vu la souffrance de certaines de mes amies à qui on l'avait imposé. Rien ne peut être plus douloureux que d'être liée à un homme sans amour.

– Seriez-vous prête à choisir le mari qui vous plairait ?

– J'y suis prête, dit Mary d'une voix ferme.

– J'imagine que ce devrait être un combat long et difficile.

– Sans doute, mais il faut s'y préparer !

Philippa n'en revenait pas.

– Vous m'impressionnez ! Je n'aurais jamais votre courage.

– Pour moi, ce serait presque une question de vie ou de mort !

– Penseriez-vous à Edward Wortley ?

Mary lui lança un petit sourire.

– Je vais essayer de l'approcher pour voir si nous pouvons nous entendre et pourquoi pas nous aimer…

– En parlerez-vous à votre père ?

– Le moment viendra où j'y serai obligée. Le combat sera long et difficile car dans notre famille, personne ne me donnera raison.

– *Carpe diem !* Profitons de la douceur du jour et du plaisir d'être ensemble.

En retournant au château, les deux amies coururent comme des petites filles à travers les hautes herbes jusqu'au canal. Après avoir enlevé bottines et bas de soie, elles remontèrent leur jupe pour traverser sur les grandes pierres polies.

– L'eau est rafraîchissante, s'écria Mary qui aimait sentir la caresse des herbes sur ses pieds.

Elles reprirent leur discussion, installées dans les hamacs accrochés aux beaux chênes du jardin.

– Je ne pourrai jamais m'opposer à mon père ! soupira Philippa. Nous devons respecter les usages et préserver l'harmonie de notre famille.

– Je sais qu'il me faudra mener un vrai combat pour refuser le mari que mon père choisira pour moi. Mais j'entends m'y tenir ! Vous me croirez peut-être folle, mais je n'ai qu'une certitude, c'est que je ne mourrai pas vieille fille.

Une fois seule, Mary reprit ses promenades solitaires, finissant par reconnaître que sa rencontre avec Edward Wortley l'avait profondément troublée. C'était un homme intelligent et élégant de manières. Il paraissait différent de ces beaux en gants blancs qui brassaient du vent pour séduire les coquettes. Il n'avait pas la vanité des fats suffisants et sans conversation qu'elle rencontrait dans les soirées à Londres. Les voyages qu'il avait accomplis en Italie et en France avaient enrichi ses connaissances. Par sa naissance, autant que par sa fortune, cet érudit pouvait prétendre aux emplois les plus élevés.

Ses interventions au Parlement lui avaient même valu les applaudissements de ses pairs. Outre son physique élégant, il était entouré d'amis lettrés comme Joseph Addison, Richard Steele ou son cher Congreve, le philosophe au regard brillant d'intelligence. Elle comptait sur eux pour l'aider et recueillir leurs conseils.

Les ouvrages de l'écrivain Mary Astell, que Mary venait de découvrir, lui venaient en aide. Elle dénonçait l'assujettissement des femmes et le préjugé selon lequel le mari était le plus fort dans un couple et le plus capable par nature. L'erreur des femmes venait, selon elle, de leur trop grande confiance dans le jugement des autres et de leur peu de confiance en elles. La philosophe pensait que le mariage n'était qu'une façon d'être enchaîné à un maître, aussi recommandait-elle de refuser de n'être « qu'une tulipe dans un jardin, utile seulement pour faire bonne figure et n'être bonne à rien ».

Si tous les hommes étaient nés libres, comment était-il possible que les femmes soient nées esclaves ? se demandait Mary.

CHAPITRE 7
L'OUVRAGE SUR ALEXANDRE LE GRAND

Ce jour-là, les nuages se déployaient en vagues grises au-dessus du château de Thoresby. La journée s'annonçait morose quand le calme feutré du domaine fut troublé par le bruit de la malle-poste sur les gravillons de la grande allée. Mary sortit de sa chambre en courant pour empêcher la gouvernante de prendre le courrier comme l'exigeait son père.

Quand le postillon lui remit le colis qui lui était destiné, elle trembla comme si elle craignait de recevoir de mauvaises nouvelles. Un fin sourire brilla sur ses lèvres en voyant qu'il portait le sceau de la famille Wortley-Montagu. Elle le serra contre son cœur et remonta discrètement vers sa chambre.

Après avoir dénoué fébrilement les rubans et déplié le papier de soie, elle découvrit le beau livre en cuir consacré à Alexandre le Grand dont Edward lui avait parlé à Wortley Hall. Il avait été assez subtil pour lui faire parvenir l'ouvrage par l'entremise de sa sœur Anne pour qu'elle n'ait pas d'ennuis.

Son cœur se mit à battre très fort quand elle découvrit les vers qu'il avait tracés avec sa plume sur la page de garde.

« Devant cette beauté offerte par la Perse vaincue
Le Macédonien a déposé les armes
Et la Grèce civilisée se soumit au trône barbare.
Un si bel esprit eût-il été celui d'une dame grecque
Que le jeune amoureux eût perdu sa soif de gloire. »

Ces vers lui parurent aussi magnifiques qu'émouvants, aussi s'allongea-t-elle sur sa chaise longue en serrant l'ouvrage contre son cœur. Elle avait compris que l'envoi du livre était une vraie déclaration d'amour. Jamais elle n'avait ressenti une émotion aussi profonde. Elle souriait en pensant que le frère de son amie n'était pas l'homme froid qu'elle avait imaginé, mais un poète élégant et plein de finesse.

Une fois remise de ses émotions, elle s'efforça de rester discrète pour éviter d'être confondue par son père.

Plus tard dans la journée, pendant qu'elle lisait et relisait chaque mot, elle fut surprise de voir sa sœur Frances apparaître dans sa chambre, comme si elle avait écouté aux portes.

– Qu'allez-vous répondre au « Macédonien » ? lui demanda-t-elle.

Mary ne sut que dire.

– … Comptez-vous sur les astres pour que le hasard vous réunisse à nouveau ?

– Vous n'allez pas imaginer que je vais conserver ce livre.

Vous savez que nous n'avons pas le droit de correspondre avec un homme sans être fiancées et avoir l'accord de notre père. Il n'est pas question que je lui désobéisse.

Ces mots étaient destinés à faire croire à Frances, toujours prête à la dénoncer, qu'elle ne s'intéressait pas à monsieur Wortley.

C'est ainsi que le lendemain, alors qu'elles badinaient ensemble en buvant leur chocolat, elle préféra lui mentir en lui disant qu'elle s'était levée de bonne heure pour jeter le livre dans la rivière.

– Me voilà rassurée, soupira Frances, car je m'apprêtais à prévenir notre père qui m'avait demandé de vous surveiller.

« Quelle peste », pensa Mary qui avait dissimulé l'ouvrage au fond de sa garde-robe. Elle prévoyait de le savourer en cachette afin de pouvoir en parler un jour avec Wortley. Comme leurs domaines étaient éloignés d'une trentaine de lieues, ils avaient peu de chance de se revoir avant leur retour à Londres.

Quelques jours plus tard, alors qu'elle se balançait dans son hamac, il lui vint une idée. S'il lui était interdit d'écrire à un homme, rien ne l'empêchait de correspondre avec sa sœur Anne avec qui elle était liée depuis l'enfance.

Elle reprit alors sa plume en s'assurant que, tout en ayant l'air de la remercier de son envoi, son frère comprenne à demi-mot combien elle avait été touchée.

« Tenez pour certain que la correspondance que vous me faites la faveur d'entretenir avec moi est à mes yeux un bonheur trop grand pour que je le néglige ; il n'y a pas de danger que vous me déplaisiez, c'est plutôt moi qui crains de vous importuner en vous témoignant ma reconnaissance. »

Leur correspondance se poursuivit tout au long de l'été 1709. Mary s'y montrait sous son meilleur jour, moins pour plaire à son amie que pour séduire son frère. « J'espère que si ma chère Miss Wortley a montré ma lettre à sa famille, elle l'a fait en manière de plaisanterie et sans y accorder la moindre importance. »

Elle attendait la fin de la journée pour écrire ses lettres, en cachette, à la lueur des bougies. Persuadée qu'Anne les montrait à son frère, elle cherchait à se valoriser afin qu'il soit sensible à la variété de ses talents. Mary avait deviné que les questions qu'Anne lui posait venaient de son frère.

Elle avait compris qu'Edward corrigeait les lettres de sa sœur, parce qu'il les trouvait souvent infantiles et pleines de fautes lorsqu'il n'était pas là pour les relire. Comme il avait la réputation d'être économe, Mary lui répétait qu'elle ne songeait qu'à étudier seule avec sa grammaire et ses dictionnaires et ne se souciait pas des « futilités de la toilette ».

Quand il voyageait, leur correspondance s'espaçait.

Redoutant qu'on l'oublie, elle affirmait à Anne que ses lettres étaient les seuls plaisirs de sa solitude. C'était une manière habile de suggérer à son frère qu'elle était dans l'attente de recevoir de ses nouvelles.

« Si, à l'avenir, vous ne recevez pas de moi des nouvelles très constantes, imaginez que le courrier a été assassiné, la malle-poste brûlée, ou quelque autre accident extraordinaire ; mais n'imaginez pas que je vous oublie, ma chère Miss Wortley, car c'est tout à fait impossible. Votre amitié est le seul bonheur de ma vie et si je devais le perdre, je n'aurais rien d'autre à faire que de me pendre à une poutre avec ma jarretière. »

Anne finit par lui avouer qu'Edward attendait ses lettres avec impatience. Ces mots la rendirent plus subtile encore afin de briller aux yeux de cet érudit séduisant.

Ce marivaudage se poursuivit jusqu'au départ de la famille du marquis à Berrymead Priory, une demeure située à Acton au milieu de magnifiques jardins, qu'il venait d'acquérir. Si on le soupçonnait d'y abriter des soirées libertines, il y donnait aussi des réceptions destinées à mettre ses filles en valeur auprès de la haute société.

William avait regagné Cambridge où il étudiait maintenant depuis deux ans. Mary, qui souffrait d'être séparée de son frère, redoutait le mariage que son père lui préparait avec une jeune héritière fortunée, mais peu ouverte aux agréments de l'esprit. Si elle s'entendait bien avec Frances, elle continuait à s'en méfier, car elle savait qu'elle rapportait toujours ses faits et gestes au marquis.

Quand l'automne arriva, les deux sœurs reprirent leur vie mondaine à Londres. Les visites entre gens de la bonne société gardaient un caractère formel et souvent ennuyeux. Car elles servaient surtout à accomplir des rapprochements entre les familles. Leurs après-midi étaient consacrées à faire des achats dans les magasins. Par beau temps, elles se promenaient dans Hyde Park ou à St. James, toujours accompagnées du petit épagneul que Frances emmenait partout, même au théâtre.

Le soir, elles allaient voir jouer la comédie ou écouter le célèbre castrat Nicolini qui était très à la mode. Si leur vie était bien remplie, les occasions de rencontrer « le Macédonien » étaient rares. Mary cherchait désespérément à le revoir. Et commençait à s'inquiéter.

CHAPITRE 8
LE GRAND JEU DE LA SÉDUCTION

Au début de l'année 1710, il y eut plusieurs vagues de froid en Europe. On grelottait dans les châteaux et la malle-poste ne circulait plus. La Tamise était fréquemment prise par les glaces. Dans les campagnes, le sol était parfois si gelé qu'on ne pouvait plus enterrer les morts.

Après avoir causé des famines, le mauvais temps entraîna la flambée du prix des céréales.

Quand le courrier reprit, Mary fut bouleversée d'apprendre la mort d'Anne Wortley. Elle n'arrivait pas à croire qu'on puisse périr aussi jeune. La perte de son amie l'affectait d'autant plus qu'elle brisait ses liens avec son frère.

Après être restée silencieuse pour respecter sa mémoire, elle chercha comment revoir Edward. Elle avait peu de possibilités de le rencontrer à Londres car le marquis l'avait envoyée à Acton au début du mois de mars pour l'éloigner de son soupirant. Il désirait la marier. Elle redoutait que le prétendant qu'il lui choisirait uniquement pour sa fortune et ses domaines lui déplaise et gâche sa vie à jamais.

Wortley était le seul à lui plaire. Elle appréciait sa finesse intellectuelle et rêvait de passer des heures à discuter avec lui de leurs auteurs préférés. S'il n'était pas encore riche, il devrait hériter d'une fortune importante à la mort de son père. Elle pensait qu'il pourrait être un beau parti pour sa famille, la sienne venant d'une noblesse terrienne aussi ancienne que la leur. Tous étaient des whigs qu'il représentait au Parlement.

Quand Mary revit son amie Philippa, elle lui exprima que l'éloignement d'Edward était pour elle une source de souffrance. Elle avait peur de le perdre, peur qu'il en aime une autre. Et qu'il finisse par l'oublier.

– Je ne sais vraiment pas ce qu'il pense de moi. Il semble persuadé que je ne suis pas sérieuse et que les hommes me tournent la tête. Comme nous ne sommes jamais seuls, nous ne pouvons pas nous parler et encore moins nous expliquer. Dans les lettres que j'envoyais à sa sœur, qui lui étaient destinées, il lui fallait lire entre les lignes. Sans doute les a-t-il mal interprétées !

– Ne croyez-vous pas qu'il serait plutôt jaloux de vos succès ? demanda Philippa.

– C'est impossible car je ne lui ai jamais donné l'occasion de l'être !

– D'après vous, que lui manquerait-il pour qu'il soit un Paradis ?

– Qu'il soit un peu moins austère. J'aime m'instruire, mais aussi me divertir ! Réprimer ma nature n'est pas dans mon tempérament ! D'ailleurs je ne pourrais pas passer ma vie en tête à tête avec un époux qui refuserait de sortir pour voir du monde !

– Soyez patiente, Mary… Vous avez le bonheur d'avoir un soupirant, ce qui n'est malheureusement pas mon cas.

Quelque temps plus tard, Mary fut surprise de recevoir une lettre d'Edward Wortley accompagnée d'exemplaires du *Tatler*, le journal qui avait été conçu par Richard Steele, un des membres du Kit Kat Club. C'était un bon vivant qui patronnait des poètes et des dramaturges comme Congreve. Il avait le sens de l'humour et ramassait les nouvelles et les rumeurs recueillies par ses journalistes dans les cafés les mieux fréquentés de Londres afin de se moquer des propos des habitués.

Mary savait que les convenances l'empêchaient de répondre à Edward et elle se demandait comment l'approcher sans provoquer un scandale.

Un matin, après avoir longuement marché dans le jardin qu'égayait un soleil printanier, en laissant flotter sa belle chevelure sur ses épaules, elle remonta dans sa chambre pour prendre sa plume.

Elle cherchait à exprimer à Wortley que c'était la première lettre qu'elle écrivait à un homme… et la dernière.

« Acton, ce 28 mars 1710. J'ai longuement réfléchi avant de me résoudre à vous adresser cette lettre. Je sais que je fais entorse aux convenances… Vous êtes le frère d'une amie que j'aimais tendrement… J'éprouvais pour Miss Wortley une tendresse telle qu'elle rejaillit sur tous ceux qui lui sont liés par le sang. Cette circonstance, ajoutée au fait que je vous connais depuis longtemps, atténuera peut-être l'audace de ma conduite. »

Mary connaissait l'importance que Wortley attachait aux questions d'argent. Aussi chercha-t-elle à lui démontrer qu'elle n'était ni dépensière, ni mondaine, mais peut-être l'épouse idéale.

« Faire grande figure dans le monde entraîne inévitablement quelque embarras qui enlève du plaisir à l'existence, expliqua-t-elle. Je ne puis souffrir le bruit ni la presse qui vont de pair avec la fortune et les titres de noblesse, et les considère comme des avantages qui ne devraient aller qu'à des sots pour qui seuls ils sont une aubaine. »

Elle lui exprima quels pourraient être ses sentiments s'il lui faisait confiance.

« Permettez-moi de vous dire ceci, même si cela peut sembler vaniteux : je saurai rendre heureux un homme de bon sens, à condition qu'il fasse aussi lui-même quelque effort pour l'être... Vous vous défiez de moi. Sans confiance de votre part, je ne pourrai avoir l'esprit en repos, ni me croire aimée ; et je ne crois pas non plus que votre passion pour moi soit telle que vous le prétendez. Il vous faut donc penser à moi différemment ou plus du tout. »

Ces déclarations déconcertèrent Wortley qui désira s'en expliquer avec son ami Joseph Addison.

– Il me semble, répondit ce dernier, que Lady Mary en prenant le risque de vous écrire, ce qu'aucune « personne de qualité » n'oserait faire, montre qu'elle tient à vous.

– J'aimerais le croire, dit-il en soupirant. J'admire une érudition qu'elle ne doit qu'à elle-même, mais je ne suis pas sûr de ses sentiments. Avoir pour épouse une femme aussi brillante me fait peur. Pour l'instant, je n'ai pas les moyens d'assurer le train de vie auquel elle semble accoutumée. De plus, vous savez que je ne souhaite pas m'endetter.

Addison continua à l'encourager :

– Pour un beau parti comme vous, sa dot devrait être conséquente ! Si elle tient à vous, elle vous répondra ! Lady Mary est une personne d'exception. Surtout, ne la laissez pas échapper, vous pourriez le regretter !

Comme son ami restait songeur, Addison insista :

– Je sais qu'il n'y a rien qu'on ne reçoive avec plus de réticence que des conseils, mais je pense que vous devriez demander sa main à son père.

Wortley fit confiance à son ami. Il reprit sa plume pour supplier Mary de lui répondre. Les semaines s'écoulèrent sans qu'il reçoive de ses nouvelles. Il se demandait ce qui se passait et redoutait que son père l'ait éloignée de lui ou qu'elle se soit éprise d'un autre.

Peu de temps après, Mary réussit à lui faire parvenir un billet par l'une de ses servantes. Elle tenait à l'avertir qu'elle souffrait de la rougeole qui était alors une maladie grave et qu'il lui était impossible pour le moment d'entretenir une correspondance avec la discrétion requise.

Wortley la pria de lui pardonner des remarques qu'il jugeait désobligeantes. Il insista sur la sincérité de ses sentiments et son désir de la revoir au plus tôt.

Par malheur, sa lettre fut remise à Frances qui, jalouse des succès de sa sœur, s'empressa de prévenir leur père qu'elle correspondait avec « un certain Monsieur Wortley ».

Le marquis entra alors dans une vive colère. Dès qu'elle fut rétablie, il envoya sa fille à West Dean, pour qu'elle puisse réfléchir sur sa conduite et s'amender pour l'honneur de sa famille.

Troublée par toutes ces histoires, Mary demanda à Wortley de cesser leurs échanges. Elle vivait dans l'anxiété que son père l'éloigne à jamais de Londres.

Tout en lui demandant de ne pas lui répondre, elle termina ainsi sa lettre :

« J'ai pour vous tant d'estime que je serais bien fâchée que vous fussiez malheureux, mais je ne voudrais pour rien au monde être l'instrument de votre affliction... Si vous entendez poursuivre nos relations, il vous faudra vous entendre avec mon père. »

À West Dean, Mary s'installa dans la bibliothèque de sa grand-mère où elle retrouva les plaisirs de la lecture. Elle avait l'impression d'être abandonnée par sa famille et se demandait si elle méritait un tel châtiment.

Heureusement que le beau temps était déjà là. La lumière du soleil et l'odeur des fleurs lui faisaient du bien. Les tourterelles venaient à sa fenêtre pour l'éveiller. Elle ne souffrait pas de la solitude et reprenait peu à peu courage. Le matin, quand il faisait beau, elle sortait s'asseoir dans la prairie sous les tilleuls pour réfléchir. Elle bénéficiait de l'aide du palefrenier qui continuait à lui apprendre à bien monter à cheval.

La solitude l'avait transformée en lectrice assidue. Le soir, elle lisait à la lueur de la lampe à huile. Elle se remit à l'étude du latin en traduisant un court texte d'Épictète qu'elle adressa à Gilbert Burnet, l'évêque de Salisbury, le théologien lettré qui avait toujours défendu ses efforts pour s'instruire.

« En vous soumettant ce travail, lui écrivit-elle avec modestie, je n'ai d'autre désir que de vous demander si j'ai bien compris l'auteur. »

Dans sa lettre d'envoi, fournie en citations d'Érasme, elle plaida en faveur de l'éducation des filles en regrettant qu'on ne les autorise à lire que des ouvrages futiles, car l'on jugeait néfaste de développer leur raison et leur imagination. Elle déplorait qu'elles cherchent à embellir leur personne sans se soucier de valoriser leur esprit.

Tout en protestant qu'elle ne faisait pas un plaidoyer pour l'égalité des sexes, elle désirait prouver que l'ignorance conduisait les filles à n'être que la proie des séducteurs et de la superstition.

Elle souffrait de la solitude et se demandait ce qui se passait à Londres. Le silence de son père l'inquiétait. Elle redoutait qu'il la condamne à jamais à l'exil.

De son côté, Wortley était jaloux. Il craignait que l'intelligence et la beauté de Mary lui attirent de nouveaux soupirants. Aussi se décida-t-il à rencontrer le marquis pour engager la discussion.

CHAPITRE 9
LA DEMANDE EN MARIAGE

Mary, qui avait enfin quitté West Dean, commençait à profiter des belles matinées d'été à Thoresby. L'atmosphère était calme. Les grands marronniers autour du château étaient immobiles et les moutons près du lac semblaient accablés par la chaleur.

Si elle n'avait pas ouvert le livre qu'elle tenait entre les mains, c'est qu'elle était soucieuse, car son père venait de lui annoncer qu'il allait recevoir, à sa demande, Edward Wortley, une entrevue à la fois espérée et redoutée.

Elle craignait l'intransigeance de son père, un homme du passé, facile à irriter et difficile à convaincre. Elle pensait que son avenir allait se jouer sans qu'elle ait son mot à dire. Combien d'obstacles et d'exigences allait-il lui imposer pour l'empêcher de vivre la relation heureuse qu'elle espérait ?

Quand elle entendit l'attelage s'arrêter devant l'entrée, elle se précipita à la fenêtre. Quelle émotion d'apercevoir celui qu'elle aimait descendre de sa voiture et avancer vers le perron d'un pas ferme ! Il portait une veste de brocart dont les manches ajustées étaient soulignées de galons. Les boucles de sa perruque rehaussaient le charme de sa physionomie et l'élégance de sa silhouette. Rien qu'à l'aisance de sa démarche et au raffinement de sa tenue, on devinait sa distinction.

Au moment où elle sortit sur le palier pour tenter de l'apercevoir, son cœur battait si fort qu'il semblait résonner dans tout le château. Puis elle n'entendit que le bruit des pas d'Edward Wortley sur les dalles de marbre et sa voix alors qu'il saluait le marquis venu à sa rencontre.

Quand le majordome referma la porte de la bibliothèque, un froid silence prit possession du château. Et la jeune fille se demanda ce qui allait lui arriver.

En pénétrant dans la pièce où elle s'était instruite toute seule, Wortley avait eu un pincement au cœur. Il imagina Mary, avec son maintien gracieux et son beau regard, installée dans le grand fauteuil face au bureau de son père. Peut-être fut-il ému d'apercevoir, posé sur la table marquetée, le beau livre des *Métamorphoses* où elle avait appris à déchiffrer le latin.

L'accueil du marquis de Dorchester fut simple et chaleureux. Après un long échange de politesses et plusieurs verres de porto, il insista pour que le prétendant garantisse à sa fille un douaire, la somme d'argent qu'il lui assignerait si elle lui survivait. Il savait que Wortley et son père n'étaient pas en bons termes, aussi craignait-il qu'il n'avantage son second fils au détriment de l'aîné.

Edward se montra grand seigneur en acceptant cette disposition sans discussion. Alors que l'atmosphère se détendait, le marquis émit de nouvelles revendications. Il exigea que Wortley s'engage à ce que seul son fils aîné hérite de la totalité de ses biens, comme cela était l'usage dans les familles de l'aristocratie terrienne afin que les domaines ne soient pas morcelés.

– Monsieur, objecta le jeune homme, si vous me le permettez, je souhaiterais avoir la liberté de choisir mon héritier.

La discussion dura un moment sans qu'ils parviennent à s'entendre.

– Vous devez savoir, conclut Dorchester, agacé qu'on lui résiste, que je ne souhaite pas que mes petits-enfants deviennent des mendiants !

Humilié par ces mots qui sonnaient comme une fin de non-recevoir, Edward ne réussit pas à le convaincre que la raison devait l'emporter sur les usages. La rencontre tourna court et il prit congé sans demander à rencontrer Mary.

Quand celle-ci entendit la porte du château se refermer, elle se précipita à la fenêtre. Les larmes lui vinrent aux yeux en voyant l'attelage d'Edward s'éloigner du château, avant de disparaître à la lisière de la forêt. Comme elle le craignait, la rencontre avait dû mal se dérouler.

Peu de temps après, son père demanda à lui parler.

Quand elle se présenta à lui avec la tristesse d'une condamnée, elle vacilla sous le coup de l'émotion en oubliant de lui faire la révérence.

– Ma fille, lui dit le marquis, je dois vous dire que les prétentions de monsieur Wortley sont inacceptables. N'ayant pu le faire changer d'avis, je lui ai signifié que nous n'aurions point d'autres discussions. Je vous demande donc de ne plus le revoir et de considérer cette affaire comme terminée.

Mary faillit se trouver mal.

– Mon père, répondit-elle la gorge nouée, puis-je espérer que vous reveniez un jour à de meilleures dispositions vis-à-vis de monsieur Wortley ?

– Vous devez savoir que j'agis toujours pour votre bien et celui de notre famille.

S'estimant victime de son intransigeance, Mary le salua puis courut s'enfermer dans sa chambre pour pleurer sur son destin brisé. Elle ne comprenait pas pourquoi le marquis s'opposait à son mariage.

Edward était une personne de qualité. À la mort de son père, il était prévu qu'il hérite d'une belle fortune. Il avait des lettres et une fine connaissance de la vie politique. Il n'était pas de ceux qui participaient à des conversations vulgaires ou se contentaient d'exprimer des banalités. Jamais plus elle ne rencontrerait un être aussi raffiné avec qui elle pourrait partager ses connaissances.

Au fil des jours, elle finit par sécher ses larmes et reprendre ses esprits. Après avoir médité au bord du lac, elle décida de ne jamais accepter un autre époux qu'Edward Wortley, quelles que soient la volonté de son père et les obligations de son rang.

Il lui semblait que le moment était venu de bousculer des lois d'un autre temps qui semaient le malheur chez elle et chez ses amies. Sa famille et ses amis lui manquaient.

Elle devait prendre son destin en main pour ne pas avoir à en souffrir.

Quelques jours plus tard, Wortley entra dans la petite pièce enfumée où Richard Steele travaillait sur la prochaine édition du *Tatler*.

Il avait la mine sombre et l'air inquiet.

– Vos négociations avec Dorchester auraient-elles échoué ?

– Je pense que nous aurions pu aboutir à un accord, répondit Wortley, s'il n'avait pas exigé que seul mon fils aîné hérite de ma fortune. Avec toujours le même argument, diviser une fortune domaniale lors de sa transmission serait, selon lui, détruire le fondement même de notre classe, puisque c'est le revenu des domaines qui permet à nos familles de vivre sans travailler.

Il poussa un soupir avant de prendre un autre ton.

– C'est un vieux principe qui date du Moyen-Âge ! Le marquis a conclu en disant qu'il ne pourrait souffrir l'idée que ses petits-enfants en soient réduits à mendier ! Quant à moi, il n'est pas question que je sois obligé de laisser ma fortune à un fils qui pourrait se révéler être un incapable ou un criminel !

– Pourriez-vous écrire un article sur ce sujet pour mon journal ? demanda Steele.

– Comptez sur moi pour vous adresser les éléments nécessaires pour dénoncer cette pratique successorale vraiment d'un autre temps !

Si Dorchester l'avait irrité, Wortley n'avait pas le cœur à renoncer à Mary. Il la supplia de poursuivre leurs échanges. Ce qu'elle fit, l'assurant que si elle devait se marier, ce serait seulement avec un homme comme lui.

« En matière de contrat de mariage, écrivit-elle humblement, je n'ai pas mon mot à dire. Mon premier devoir est d'obéir à mon père… Au reste, il ira peut-être contre mes penchants, mais l'obéissance passive est une doctrine que devraient toujours observer les épouses et les filles… »

En se donnant l'apparence de la soumission, elle lui signifiait qu'il pourrait compter sur une femme obéissante et respectueuse. Cet aveu et la souffrance où cette disposition la mettait étaient destinés à l'émouvoir et à l'encourager à persévérer auprès de son père.

Elle ignorait qu'Edward s'apprêtait à aller prendre les eaux à Spa, une ville où l'aristocratie européenne venait se divertir. Avant de partir, il avait fait ses recommandations à son ami Steele.

– J'ai besoin de prendre de la distance et d'avoir du temps pour réfléchir, lui confia-t-il.

– Vos relations avec Lady Mary seraient-elles rompues ?

– Certainement pas. Je lui ai fait savoir qu'elle pouvait continuer à m'écrire à votre adresse et que vous me feriez suivre ses lettres. Vous les garderez en lieu sûr. Je verrai à mon retour si elle ne s'est point lassée, si elle s'est inquiétée ou si elle s'est accommodée de mon absence.

– Voulez-vous en quelque sorte la mettre à l'épreuve ?

– On peut l'exprimer ainsi, répondit Wortley en esquissant un petit sourire.

CHAPITRE 10
LES RENCONTRES IMPOSSIBLES

Comme prévu, les lettres de Mary restèrent sans réponse et elle implora Edward de lui donner de ses nouvelles. Celui-ci n'en fit rien.

Entretemps, il y eut un renversement politique dans le royaume. Le renvoi de leurs derniers ministres et la dissolution du Parlement en septembre sonnèrent la fin de la domination des whigs. Les élections qui suivirent furent un désastre pour leur parti. Wortley, qui avait été réélu en son absence dans son fief de Huntingdon, s'empressa de rentrer à Londres où ses amis, Addison et Swift, avaient perdu leurs postes.

Il reprit alors ses échanges avec Mary en lui reprochant à nouveau de ne pas l'aimer, de manquer de passion pour lui.

« Si vous attendez de la passion de ma part, lui répondit-elle, sachez que c'est un sentiment inconnu de moi. Sans doute faut-il voir là un défaut de mon tempérament. Je ne parviens ni à éprouver les élans de la passion ni à les contrefaire. »

Wortley était d'un tempérament jaloux. Il la soupçonnait

de prendre plaisir en compagnie d'autres personnes et exprimait ses sentiments en des termes qu'elle jugeait déplaisants, voire blessants.

« Le sens de votre lettre me paraît être le suivant, lui écrivit-elle, "Madame, vous êtes la plus grande coquette que je connaisse, et en outre fort niaise. Le seul avantage que semble présenter pour vous un mari, c'est de vous donner l'occasion de le ridiculiser copieusement". »

Mary l'aimait, mais son amour-propre et son éducation l'empêchaient d'y voir clair et d'exprimer ses sentiments. C'est ainsi que tout au long de l'hiver, les amoureux continuèrent leurs duels mouchetés par lettres interposées, échangeant reproches et menaces de rupture toujours définitive, mais jamais consommée.

Wortley désirait s'expliquer avec elle. Mais le lieu posait toujours problème, car elle vivait dans la hantise que sa famille la surprenne et que son père l'envoie à nouveau à West Dean.

Il devenait de plus en plus jaloux. Lorsqu'ils se croisaient au cours de soirées où il la voyait resplendissante et entourée d'hommes fascinés par l'éclat de sa personne, il avait du mal à se contenir. Il lui reprochait alors sa complicité avec l'un ou l'autre de ses amis, la façon voyante dont elle s'était habillée pour l'anniversaire de la reine Anne ou ses apartés au théâtre avec le jeune et gracieux vicomte Lonsdale qui lui faisait la cour sans se gêner.

Le début du printemps 1711 fut particulièrement riche en rebondissements. Leurs échanges épistolaires et leurs rencontres manquées suscitaient des deux côtés frustration et incompréhension, aussi Mary prit-elle sa plus belle plume pour s'expliquer avec lui.

« J'ai placé ma réputation entre vos mains et je n'ai pas hésité à vous donner par écrit l'assurance de mon amitié... Je suis dépourvue de l'orgueil de mon sexe et supporte de m'entendre dire que j'ai tort, pourvu que ce soit fait avec douceur. Peut-être suis-je entrée bien jeune dans le tourbillon du monde ! Une grande innocence et une gaieté sans malice ont pu être interprétées comme de la coquetterie et un désir d'attirer les galants, bien que je n'y ai jamais songé... Je ne sais pas ce que je pourrais vous dire d'autre pour vous prouver l'extrême désir que j'ai de vous plaire et de vous rendre heureux. Quelle autre que moi renoncerait au monde entier pour un seul homme ? Quel autre que vous resterait insensible à pareille preuve de sincérité ? »

Mary, qui était lasse d'avoir à subir les reproches de son prétendant, semblait prête à renoncer à lui. Aussi lui fit-elle parvenir, à la fin du mois d'avril, une longue lettre d'adieu qui se terminait ainsi :

« Quand je croyais que vous m'aimiez, j'étais prête à vous suivre n'importe où sans me soucier de mes aises. Il me reste pour seul réconfort la certitude qu'un jour viendra où vous penserez à moi en regrettant de m'avoir mal jugée. Adieu !... Je vous prie de ne pas me répondre... Je suis malheureuse, mais ceci est le passé. Je ne penserai plus jamais à vous. Plus jamais. »

Puis le silence régna entre eux.

Wortley, qui ne parvenait pas à renoncer à Mary, se retira quelque temps dans sa famille avant de se rendre en décembre à Londres où Joseph Addison l'avait invité dans ses appartements de Kensington. Le lendemain de son arrivée, lorsqu'il sortit de sa chambre, Addison et Steele étaient en grande discussion sur un article du nouveau journal, *The Spectator*, qu'ils avaient lancé quelques mois plus tôt.

– Alors ? s'enquit Wortley, qui doutait de cette nouvelle aventure. Êtes-vous satisfait de l'accueil que vous avez reçu ?

– On peut dire que c'est un beau succès.

– À quoi l'attribuez-vous ?

– Aux valeurs whigs ! Nous avons déjà plus de soixante mille lecteurs !

– Nous ne faisons pas de politique, mais nous fournissons des sujets originaux à nos lecteurs afin de susciter des discussions sur la famille, le mariage et les bonnes manières, dans un but d'éducation esthétique et morale.

– N'est-il pas surprenant que vous attiriez beaucoup de lecteurs en discourant de moralité ?

Steele fronça les sourcils.

– Faites-nous confiance, dit-il en riant, pour agrémenter la moralité par de l'esprit et tempérer l'esprit par de la moralité !

– Il est temps de faire sortir la philosophie des bibliothèques, précisa Addison, afin de la faire vivre dans les clubs et les cafés.

– C'est donc dans les cafés, comme avec le *Tatler*, que vous allez chercher vos lecteurs ?

– Pas seulement ! Nous sommes les premiers à nous

adresser à un public féminin, jusqu'ici ignoré, à qui nous recommandons des ouvrages variés sur la manière de se conduire en société.

– Quelle bonne idée ! s'exclama Wortley. Il est intolérable qu'on dénie aux femmes le droit de s'instruire et qu'on leur impose de passer leur jeunesse à coudre ou à jouer de la musique.

Steele ajouta en souriant :

– Saviez-vous que le roi Jacques Ier refusait qu'on éduque sa fille en disant qu'instruire les femmes ou apprivoiser des renards donnait le même résultat... celui de les rendre encore plus rusés !

– Je me réjouis de voir que vous avez évolué, ironisa Wortley. Il n'y a pas si longtemps, Jonathan Swift et vous, vous moquiez de Mary Astell et de son projet d'école réservée aux femmes !

– Mais, protesta Steele, c'est qu'elle allait trop loin dans ses propos sur le mariage. L'éducation ne doit pas conduire les femmes à devenir des partisanes déchaînées, ni à les dispenser de leur premier devoir qui est d'être soumise à leur mari. Elles doivent être des épouses fidèles, des mères attentives, et bien remplir leurs devoirs domestiques. C'est dans leur famille qu'elles doivent s'épanouir !

– Pour moi, dit Wortley, une jeune femme doit avoir des connaissances et de l'esprit, mais savoir aussi rester modeste et réservée.

Personne ne savait alors ce que devenait Mary. On ignorait auprès de qui elle s'épanchait, où elle en était de ses désirs et de ses amours.

CHAPITRE II
OÙ L'ON PARLE DE CLOTWORTHY

Mary et sa sœur Frances, qui pensaient rentrer à Londres à l'automne, durent rester à Thoresby jusqu'au début de l'année suivante sur ordre de leur père. C'était pour le marquis la meilleure manière de tenir son aînée éloignée d'Edward Wortley dont il ne voulait plus entendre parler.

Les deux sœurs souffraient d'être isolées. Seul le courrier leur donnait de temps à autre des nouvelles de la vie londonienne. Mary s'inquiétait des offres de mariage que son père prétendait avoir reçues et jugées intéressantes pour elle.

Son aversion pour « les mariages arrangés » s'était renforcée depuis que le marquis avait contraint son frère bien aimé à épouser Rachel Bayton, la fille de John Hall.

Dorchester avait dû faire passer une loi de succession à la Chambre des Lords, puis obtenir la sanction royale pour que son fils hérite non seulement de tous ses biens, mais aussi de ceux de John Hall à la place de ses héritiers légitimes.

Mary se désolait que ce charmant érudit soit lié à une riche imbécile de 15 ans, choisie uniquement pour sa fortune. Elle savait par ailleurs que son père désirait régler au plus vite le mariage de ses filles aînées, les tractations entre Evelyn, la plus jeune, et Lord Gower, étant en bonne voie.

Enfin de retour à Londres, Mary attendait un matin le marquis dans le petit salon d'Arlington Street devant la cheminée où brillait un grand feu, tout en admirant le tableau de Salvator Rosa qu'il venait d'acquérir. Elle était inquiète et se demandait pourquoi il avait demandé à lui parler.

Elle sursauta en le voyant apparaître élégamment vêtu d'un justaucorps en velours lie-de-vin, porté sur une chemise aux manches de dentelles, et des souliers à boucles. C'était le style de tenue qu'il portait quand il rejoignait l'héritière du comte de Portland. Aussi se réjouissait-elle à la pensée qu'il ne s'attarderait pas trop longtemps auprès d'elle.

– Ma fille, dit-il en relevant Mary venue s'agenouiller devant lui, j'ai demandé à vous voir pour vous faire part de décisions qui vous concernent.

Son cœur se mit à battre fort. Elle trembla en pensant que le ton cérémonieux de sa voix ne laissait rien présager de bon.

– Vous n'êtes pas sans ignorer que la plupart des jeunes personnes de votre âge sont déjà mariées. Il serait temps que vous le soyez, vous aussi.

Mary ne s'attendait pas à entendre si tôt la menace tant redoutée.

– Je sais ce que vous pensez du mariage, continua le marquis, mais quelles connaissances des hommes avez-vous en dehors des stupidités que vous lisez ?

Son ton méprisant la laissa sans voix.

– Eh bien, reprit-il sèchement... Auriez-vous perdu l'usage de la parole ?

Elle releva la tête pour le regarder effrontément.

– Mon père, vous devez savoir que, s'il m'est arrivé de feuilleter « ces stupidités » comme vous dites... j'aime aussi me consacrer à l'étude et à l'écriture.

Le marquis la toisa d'un air hautain.

– Vous avez toujours cet esprit piquant qui plaît à certains de vos amis. Mais me déplaît souverainement. Asseyez-vous et écoutez ce que j'ai à vous dire.

Sa fille s'installa dans le petit fauteuil en face de lui, avec l'espoir d'en finir au plus vite. Ses propos l'inquiétaient autant que ses projets.

– Nous devons, reprit-il sur un ton cauteleux, aborder la question qui fera de vous l'une des plus charmantes personnes de la haute société.

Elle baissa la tête comme si elle sentait la lame du couperet sur sa nuque.

– Regardez-moi, je vous prie ! Je suis heureux de vous annoncer que Clotworthy Skeffington, l'honorable gentleman irlandais, avec qui je me suis entretenu récemment, souhaite vous épouser. Bien entendu, c'est un whig et il siège au Parlement. Sa famille est du même rang que la nôtre et il est l'héritier du vicomte Massereene.

Mary resta muette.

– C'est une personne de qualité, reprit le marquis, qui n'a pas l'arrogance de monsieur Wortley que j'ai préféré éloigner parce qu'il s'opposait à notre tradition successorale.

Les larmes vinrent aux yeux de Mary quand elle entendit son père parler d'Edward. Quant à Skeffington, elle ne s'était jamais intéressée à ce personnage qu'elle avait croisé parfois au théâtre. Il disposait d'une richesse considérable mais n'avait ni charme ni esprit.

Comment son père pouvait-il se féliciter de la marier avec une personne aussi dénuée d'intérêt ? De loin, il faisait un certain effet, mais dès qu'on s'en approchait, on était frappé par le vide de son regard et l'inanité de sa conversation. Cet être falot de huit ans son aîné semblait uniquement intéressé par la chasse à courre et les jeux de cartes.

Comme elle restait silencieuse, le marquis lui annonça que les négociations étaient en bonne voie et que le contrat de mariage devrait comporter de très libérales provisions pour elle, notamment une allocation de cinq cents livres à l'année.

– Ma fille, demanda-t-il d'un ton doucereux, ne m'êtes-vous pas reconnaissante du beau mariage que je vous prépare ?

– Mon père, pardonnez-moi, mais je ne pourrais souffrir un mari avec qui je n'aurais rien à partager !

– Comment osez-vous prétendre avoir plus de jugement que moi pour choisir le mari qu'il vous faut ! Vous savez que le mariage est d'abord une alliance de raison. Les sentiments n'ont pas à intervenir dans une union destinée à renforcer le prestige et le patrimoine de notre famille.

Là-dessus, il se lança dans un vibrant discours sur la grandeur des Pierrepont qui, grâce à Dieu, avaient su éviter les mésalliances. Mary feignait de l'écouter, uniquement dans l'espoir qu'il écourte son propos. Quand il l'eut achevé, un lourd silence s'abattit.

Le marquis tira alors la montre de son gousset et, voyant que l'heure avançait, appela Angus pour lui demander qu'on prépare sa voiture. Il était persuadé qu'il finirait par la faire plier.

– Mes affaires m'appellent, dit-il d'un ton hypocrite. Nous reprendrons bientôt notre conversation afin de clarifier la situation.

Mary eut un geste de dépit. Clarifier était chez lui la manière de suggérer qu'il n'y avait plus rien à dire, mais simplement à accepter ses ordres.

– Faites-vous une raison, ma fille, bien peu de femmes sont éprises de leur mari, ce qui ne les empêche nullement d'être heureuses !

Son intransigeance et la brutalité avec laquelle il la traitait l'humiliaient au plus haut point. Si son éducation l'empêchait de s'opposer à lui, Mary n'avait pas encore dit son dernier mot.

Quelques jours plus tard, elle s'épancha auprès de Philippa :

– Je préférerais donner ma main au diable plutôt que d'épouser ce Clotworthy. Le seul remède qui soit susceptible de m'aider serait un peu de mort-aux-rats. Faute de cela, j'irai en enfer, feu et souffre, brûlures et gelures, pasteur et robe de mariée !

Son amie chercha à lui faire entendre raison.

– Agissez avec discernement, sinon vous serez montrée du doigt et deviendrez l'objet de la réprobation de nos familles.

– Edward est une personne dotée d'une grande finesse, dénuée de préjugés et ouverte. Il m'est impossible d'épouser un personnage aussi dépourvu d'intérêt que Clotworthy, qui semble avoir plus de fortune que d'esprit !

Alors qu'elle se désespérait d'être sans nouvelles de son amoureux, elle reçut peu après une lettre de lui qui lui fit chaud au cœur.

« On me dit que vous avez fait part à votre père d'une opposition déterminée à son choix. Je ne peux imaginer qu'il y soit insensible et vous traite si misérablement. Je vous admire et vous aime toujours. Si vous le croyez, dites à Monsieur votre père que je suis prêt à le rencontrer à nouveau pour trouver un accord entre nous. »

Ce soir-là, la lune montait au firmament avec majesté. Mary, qui avait la gorge serrée, se demandait ce que l'avenir lui réservait.

CHAPITRE 12
LE RENDEZ-VOUS MANQUÉ

Depuis qu'elle l'avait assuré qu'elle préférait se retirer seule à la campagne plutôt que d'épouser Clotworthy, Wortley vivait dans l'anxiété que son père n'exile Mary définitivement à West Dean et qu'elle finisse par disparaître de sa vie.

Il cherchait à se rapprocher d'elle pour s'expliquer et lui parler dans l'intimité. Après bien des difficultés, il réussit à lui donner rendez-vous dans l'une des Boutiques des Indes tenues par ces vendeuses d'oranges qui servaient d'entremetteuses pour faire passer discrètement des messages à un prix fort élevé.

Se sachant surveillée, la jeune femme se méfiait de ce lieu de rencontres.

« De ma vie, je n'ai jamais été aussi surprise en découvrant une lettre de vous, lui écrivit Mary, qui ne faisait aucune confiance à ces messagères. Je souhaite que seule la curiosité explique la faiblesse que j'ai eue en acceptant qu'elle me soit remise… Ma famille est décidée à disposer de moi d'une manière qui me fait horreur… Je suis née sous une mauvaise étoile et je dois obéir à mon destin. »

On la sentait désespérée.

Les premiers rendez-vous s'étaient tenus chez les Steele, quelques mois plus tôt, mais Edward lui proposa de la rencontrer cette fois chez le peintre Godfrey Kneller, leur ami commun dont la discrétion était assurée. Mary appréciait ses portraits qui étaient d'une grande finesse et surtout très ressemblants.

Elle était partagée entre un vif désir de revoir Edward et l'anxiété que son père l'apprenne. Cependant, elle finit par confier sa réponse à l'une de ses fidèles servantes pour le prévenir qu'elle se rendrait bien chez les Kneller entre 6 et 7 heures le mardi suivant, l'assurant « que son amitié lui était précieuse et qu'elle espérait ne jamais la perdre ».

Par chance, ce jour-là était une très belle journée d'été.

Après avoir longtemps lutté contre la morosité, Mary sentait que le destin allait enfin lui sourire. Elle dansait dans sa chambre en s'occupant de sa toilette. Sachant qu'Edward appréciait les couleurs qui lui donnaient bonne mine, elle avait choisi une robe orangée claire bordée de dentelle blanche qui la mettait très en valeur.

Cependant, les événements ne se déroulèrent pas comme elle le souhaitait. Au dernier moment, sa dame de compagnie, qui l'escortait dans toutes ses sorties, eut des soupçons et fit tout pour retarder l'heure de la promenade.

Prétextant souffrir de maux de tête, Mary s'enferma dans sa chambre d'où elle réussit à s'échapper discrètement. Une fois dehors, elle parvint à héler un cocher. Bien installée dans la voiture, elle pensait en avoir fini avec les ennuis et se mit à chantonner du Haendel, le musicien qui était devenu le compositeur de la couronne d'Angleterre.

C'était le mois de juin. Les pelouses de Hyde Park étaient verdoyantes et dans les jardins en fleurs, les tilleuls diffusaient déjà leur odeur sucrée. Le soleil répandait une chaleur bienfaisante sur Londres et les beaux attelages animaient les rues de la ville.

Comme le temps était beau, la circulation devint peu à peu impossible autour de Covent Garden. Mary, qui craignait de manquer son rendez-vous, demanda à descendre de voiture, pensant qu'elle se rendrait plus rapidement à pied au domicile de ses amis.

Le cocher le lui déconseilla.

– Madame, lui dit-il, il serait dangereux de vous mêler à cette foule. On ne sait jamais ce qui peut arriver.

Par malheur, l'heure du rendez-vous chez ses amis était déjà dépassée quand la voiture la déposa Great Queen Street chez les Kneller.

Elle monta les deux étages en courant. Avant de sonner, elle observa son visage dans son petit miroir, se poudra et se recoiffa rapidement, puis le cœur battant, elle agita le cordon de l'entrée.

Le domestique qui vint lui ouvrir la conduisit dans le grand salon éclairé par des lumières dorées posées sur les guéridons. Ses amis se levèrent pour la saluer. En faisant le tour de la pièce du regard, elle aperçut Richard Steele qui buvait du gin avec Geoffrey et son épouse qui brodait un éventail, mais pas l'ombre de Wortley. Susannah abandonna son ouvrage en lui proposant de venir s'asseoir auprès d'elle.

– Chère amie, dit-elle en posant sa main sur la sienne, Edward vous a longuement attendue. Votre absence lui a paru incompréhensible. Pensant que vous aviez renoncé à venir, il est rentré chez lui, déçu et plein de tristesse.

– Je me faisais une joie de le revoir, bredouilla Mary, les larmes aux yeux.

Son amie essaya de la consoler.

– Il vous attendait avec impatience. Je ne l'ai jamais vu aussi gai et désireux de vivre un moment heureux en votre compagnie !

– C'est triste, soupira Mary en pensant que le ciel la punissait de sa mauvaise conduite.

Susannah demanda au maître d'hôtel de lui servir un cordial qui lui permettrait de reprendre des forces et de retrouver le sourire.

Le lendemain, Mary fit passer un billet à Edward pour lui expliquer les raisons de son retard. Soucieuse de ne pas rompre des liens qui lui étaient chers, elle évoqua l'impossibilité d'échapper à sa dame de compagnie qui la soupçonnait de vouloir le rejoindre, et surtout l'ampleur des embarras de la circulation.

Aussi lui proposa-t-elle un autre rendez-vous pour le dimanche suivant à la chapelle Saint-James où il pourrait lui parler discrètement en la raccompagnant jusqu'au bas des marches.

Voilà, pensa-t-elle, où en était réduite une jeune fille de la haute société pour s'approcher, seulement un court instant, de l'homme qu'elle aimait.

Malgré ses protestations, Edward ne vit dans ce rendez-vous manqué qu'une nouvelle preuve de sa légèreté.

CHAPITRE 13
LE COMPTE À REBOURS

Mary avait repris ses liens épistolaires avec ses amies. « Je ne sais pas ce qu'il adviendra de moi, mais rappelez-vous que je vous ai promis que je ne mourrai pas vieille fille », confia-t-elle à Philippa dont les affaires d'amour ne semblaient pas lui promettre le « Paradis » qu'elle espérait.

Ne pouvant surmonter son aversion pour Clotworthy, Mary écrivit à son père qu'elle ne l'épouserait pas, mais lui proposait en échange de ne jamais se marier.

L'agacement de Dorchester fut à son comble. Il la convoqua dans le petit salon d'Arlington où elle se présenta à lui la mine défaite.

– Que veut dire ceci ? dit-il en brandissant sa lettre. Comment osez-vous douter de mon jugement dans le choix du mari que je fais pour vous ? Auriez-vous en tête une idée qui vous pousserait à me désobéir ? Vous devez savoir que je refuserai toute autre proposition de mariage vous concernant et que je n'ouvrirai pas de nouvelles négociations avec monsieur Wortley.

Mary baissa les yeux en soupirant, ce qui exaspéra son père.

– Ne vous méprenez pas, reprit-il d'un ton sévère, si vous persistez dans votre refus, vous n'aurez rien d'autre à attendre de moi qu'une petite pension et vivrez ainsi misérablement le reste de vos jours.

Le marquis la toisa d'un air hautain, avant d'ajouter :

– Prenez conseil auprès de notre famille avant de me faire part de vos intentions.

Elle fut soulagée d'apprendre que son père lui accordait au moins la possibilité de refuser un prétendant dont elle ne voulait pas.

Ses amies lui reprochèrent de ne pas être raisonnable et lui rappelèrent que l'amour n'était pas nécessaire. Il suffisait de vivre en bonne intelligence avec son mari. Ces remarques ne changèrent en rien sa détermination. Comme elle s'y était engagée, elle écrivit à son père qu'elle choisissait de ne pas se marier et de vivre seule comme il lui en avait laissé le choix.

– Ma fille, répondit le marquis, puisque vous avez décidé de me désobéir, je vais faire en sorte de vous confiner en un lieu où vous aurez tout loisir de vous repentir de votre conduite.

Effrayée à l'idée de se retrouver rejetée par sa famille et condamnée à une vie misérable, Mary lui fit parvenir une nouvelle lettre où, tout en réaffirmant qu'elle ne pourrait jamais se résoudre à épouser Clotworthy, elle l'assurait qu'elle était entre ses mains et qu'il pouvait disposer d'elle comme il l'entendait.

Satisfait qu'elle ait fini par se plier à ses désirs, Dorchester interpréta sa déclaration comme si elle lui avait donné son consentement. Et il procéda sans tarder aux préparatifs du mariage.

Au bord du désespoir, Mary réussit à informer Wortley de sa situation. Il lui répondit qu'il hésitait encore sur la conduite à tenir, et attendait de nouvelles preuves de son attachement pour lui. Ces mots la blessèrent et elle déchira sa lettre en mille morceaux pour faire passer son humeur chagrine.

Elle s'étonnait qu'après avoir passé tant de temps à essayer d'établir une relation amoureuse avec lui dans les pires difficultés, il puisse encore douter d'elle.

Néanmoins, leur échange épistolaire finit par reprendre et s'intensifia à la fin du mois de juillet. Mary, qui cherchait à le convaincre de la sincérité de son amour, se disait prête à tout abandonner pour lui, honneur, famille et argent.

Wortley ne pouvait se résoudre à la laisser à son rival, aussi lui proposa-t-il de l'épouser sans le consentement de son père et sans dot.

Il exprima le désir d'une nouvelle rencontre que l'entourage de Mary rendit impossible. Sa sœur Frances l'espionnait, persuadée, comme le reste de sa famille, que Wortley était le responsable de la résistance qu'elle opposait à leur père.

Mary gardait pourtant espoir car elle savait que Wortley était honnête et sincère. Elle lui fit remettre un billet en l'assurant que s'ils pouvaient se voir et qu'il y avait un prêtre dans la même pièce, elle l'épouserait sur-le-champ, quelles qu'en soient les conséquences.

Le marquis ne supportait plus les errements de sa fille et devenait de plus en plus soupçonneux. Aussi décida-t-il de l'envoyer à Acton, où elle retrouva William qu'elle aimait tant.

– Notre père, lui expliqua son frère, est décidé à vous envoyer au bout du monde pour que vous ne puissiez plus communiquer avec monsieur Wortley...

– Que vais-je devenir ? soupira Mary, les larmes aux yeux.

– Je suis désolé de ne pas pouvoir vous venir en aide sans risquer d'entrer en conflit avec notre père, répondit William.

Émue par sa gentillesse, elle le prit dans ses bras.

– Je ne peux envisager de vivre dans la misère comme mon père m'en a menacée...

– Ne disposez-vous donc pas des huit mille livres qu'il a prévues pour vous lors de mon mariage ?

– Cet argent a été placé sur la tête de ma sœur et la mienne. Notre père a conservé le pouvoir de le répartir à son gré sur l'une ou l'autre de ses filles. Il m'en a bien donné la totalité, mais si je lui désobéis, il sera trop heureux d'avoir une dot toute trouvée pour notre sœur Frances !

Un matin, alors que Mary se promenait au milieu des lilas du jardin, elle aperçut William qui courait vers elle.

– J'ai une bonne nouvelle à vous annoncer ! dit-il en l'embrassant. Je viens d'apprendre que la licence de mariage avec Skeffington n'était pas conforme et a dû être renvoyée en Irlande pour obtenir de nouvelles signatures.

– Le mariage serait-il retardé ? demanda Mary qui ne pouvait y croire.

– Oui, on parle de trois semaines environ.

– Trois semaines, quel bonheur ! Nous devons immédiatement avertir monsieur Wortley de ce répit inespéré.

Elle courut dans sa chambre pour prendre sa plume et prévenir son amoureux que, si ses sentiments n'avaient pas changé, elle était toujours prête à s'enfuir avec lui.

Le moment était venu de relever le défi qu'elle s'était lancé, être l'une des premières aristocrates anglaises à refuser qu'on lui impose un mari contre son gré et à braver les critiques qui allaient s'abattre sur elle. Si elle tremblait sur l'issue incertaine de cette affaire, elle rêvait de goûter enfin au bonheur et à la liberté.

Dès lors, les événements s'enchaînèrent.

Le lundi 11 août, Dorchester vint à Acton pour ordonner à sa fille de se rendre à West Dean dans les huit jours. Terrifiée à l'idée de se retrouver seule à la campagne et de ne plus pouvoir entrer en relation avec Wortley, Mary lui donna les instructions nécessaires pour organiser leur fuite.

« Soyez dimanche prochain, à 10 heures du soir, sur la route sous le mur du jardin, à quelque distance de la maison d'été. Il fera noir. C'est absolument nécessaire… Il m'est indifférent que ce soit avec une voiture avec six ou deux chevaux… Je souhaite que nous commencions notre voyage (vers Naples) immédiatement, car je n'ai nul désir de rester à Londres… »

En s'offrant à lui, elle lui donnait enfin la preuve d'amour qu'il exigeait d'elle. S'il appréciait sa conduite, il se demandait s'il était prêt à se lier avec elle dans des conditions aussi difficiles... Mais ce jaloux ne pouvait souffrir qu'elle puisse épouser un autre homme. Aussi s'engagea-t-il à fournir équipage, licence de mariage et prêtre pour le jour et le lieu qu'elle choisirait. Il se disait prêt à vivre en Italie si elle le souhaitait, à condition qu'il puisse avoir la liberté de se rendre en Angleterre pour ses affaires.

Cette lettre fut suivie d'une autre où, pour la première fois, il semblait exprimer des sentiments amoureux sincères, allant jusqu'à lui écrire :

« Je préférerais mourir avec vous plutôt que de vivre sans vous... la plus grande partie de ma vie vous sera consacrée... je m'éloignerai comme de la peste de tout ce qui pourrait diminuer ma passion pour vous... »

Ces déclarations touchèrent la jeune femme. Le 15 août, elle répondit :

« Je tremble à l'idée de ce que nous allons faire. Êtes-vous sûr de m'aimer toujours ? Ne nous repentirons-nous jamais ? J'imagine déjà ce qui va arriver. Ma famille va enrager au plus haut point. Parents et amis blâmeront ma conduite et inventeront mille et une histoires sur mon compte. Pourtant, il se peut que vous me récompensiez de ces humiliations... Mais ma décision est prise. Je ne serai qu'à vous et ferai ce qu'il vous plaira. Si je parviens à fuir, aimez-moi, si je n'ose pas, haïssez-moi. »

Wortley lui confirma qu'il l'attendrait bien à Acton à l'endroit et à l'heure convenus. L'un de ses fidèles domestiques serait en contact avec sa servante pour échanger lettres et billets rapidement en toute sûreté.

Le lendemain, un nouveau message de Mary lui rappela que son père ne consentirait jamais à un accommodement raisonnable.

« Réfléchissez bien, lui écrivait-elle, car je ne viendrai à vous que vêtue de ma chemise de nuit et d'un jupon et ce sera là toute ma dot ! »

Le rendez-vous prévu pour le dimanche soir fut annulé quand elle apprit l'arrivée imminente de son père à Acton. Averti qu'elle entretenait une correspondance secrète avec Wortley, il lui ordonna de rester confinée dans sa chambre jusqu'à son départ le lendemain pour West Dean sous la garde de son frère.

Après un moment d'affolement, elle réussit à faire passer un message à Wortley, par l'un des jeunes jardiniers, en lui demandant de se présenter le plus tôt possible avant leur départ afin de profiter du sommeil de tout le monde pour s'enfuir.

Malheureusement, le moment venu, elle l'attendit en vain sur son balcon.

À 7 heures, elle lui fit parvenir quelques mots avant de se résoudre à partir pour West Dean.

« Je me ronge en pensant à tous les tourments que j'ai déjà infligés à l'homme que j'ai le plus de raison d'estimer ici-bas et dont le bonheur m'est plus précieux que tout au monde. Si vous veniez à compromettre votre santé ou votre fortune à cause de moi, je voudrais n'avoir jamais vu le jour… »

Mary quitta Acton avec son frère dans un état de désespoir absolu. Ils passèrent la nuit dans une auberge tandis que Wortley, qui venait d'obtenir une licence de mariage spéciale pour éviter la publication des bans, s'était lancé à leur poursuite.

Le lendemain, elle eut la surprise d'apprendre qu'il avait dormi dans la même auberge qu'eux sans qu'ils s'en aperçoivent. Cela lui donna une bouffée d'optimisme et elle poursuivit sa route en chantant jusqu'à West Dean.

L'été était dans toute sa splendeur. Le calme du domaine lui permit de retrouver ses esprits. Elle s'attardait dans la bibliothèque de sa grand-mère au milieu de ses souvenirs. Parfois, cela lui faisait du bien de courir dans les prés en chantant comme une petite fille.

Le 29 août, elle éprouva un choc quand on sonna à la grille. Elle courut vers le portail en s'attendant à voir son amoureux. À sa grande surprise, elle se retrouva face à un inconnu qui lui remit une enveloppe. Elle l'ouvrit avec fébrilité. Wortley lui faisait savoir qu'il l'attendrait le lendemain matin à 10 heures à l'entrée de la propriété avec une voiture à six chevaux. Sa lettre se terminait, non sans humour, sur une dernière recommandation :

« Afin d'éviter toute nouvelle dispute, nous ne nous adresserons pas la parole avant que le prêtre ne nous ait mariés ! »

Ils le furent, le lendemain, dans une chapelle près de la belle cathédrale gothique de Salisbury où officiait son ami Burnet. Mary avait eu le courage d'échapper à l'Enfer, sans savoir si elle avait trouvé son Paradis.

CHAPITRE 14
À CHACUN SA VIE

Dans la haute société où l'on se mariait souvent sans se connaître, les époux étaient choisis par le père ou un frère, il n'était pas question d'amour, mais seulement d'affaires familiales et d'argent.

La fugue de Mary avait soulevé l'indignation dans sa famille et dans son milieu. On parlait d'un « mariage privé » avec tout ce que cela comportait de scandaleux.

Le meilleur moyen de faire oublier sa fuite avec Wortley aurait été pour Mary de se rendre quelque temps à Naples. Joseph Addison lui avait vanté les charmes de cette ville avec son volcan majestueux qui dominait la baie et sa population pleine de gaieté. Là-bas, elle n'aurait plus entendu les remarques désobligeantes sur sa conduite et on aurait fini par l'oublier.

Malheureusement, contrairement à ce qu'il lui avait promis, son époux prétexta être retenu en Angleterre par ses affaires de famille et ses obligations parlementaires.

Au lieu de partir pour l'Italie, le couple se rendit à

Wharncliffe, près de Wortley Hall, où vivait Sidney Montagu, le père d'Edward Wortley, un homme rustique et sans manières, qui vivait avec son frère, qui était le doyen de la cathédrale de Durham, et sa fille Katherine, qui était toujours célibataire.

S'il n'avait pas approuvé le mariage de son fils, il était fasciné par sa belle-fille et avait consenti à leur donner sa bénédiction.

Heureuse d'être bien reçue, Mary se montrait vive et charmante.

Comme son époux n'avait pas encore les moyens d'acquérir une demeure digne de leur rang à Londres, le couple dut se séparer à l'automne.

Tandis que lui se dirigeait vers le nord, à Durham, pour s'occuper des intérêts de sa famille dans les mines de charbon, Mary prit la direction opposée pour se rendre à Wallingwells, proche de la forêt de Sherwood de son enfance.

Elle y fut bien accueillie par Thomas White et sa nombreuse famille.

Ce cousin de son père, riche propriétaire terrien, avait été l'une des rares personnes à accepter son mariage, aussi se réjouissait-elle de le revoir. À son arrivée, elle fut triste de ne pas avoir reçu de nouvelles de son époux et le lui fit savoir. Mais elle n'eut pour toute réponse que le bruit de la pluie qui battait contre les vitres et le sifflement du vent qui hurlait en de longues plaintes dans la campagne.

Son père ne lui avait pas pardonné sa conduite et lui avait interdit de séjourner dans les propriétés familiales. Elle se demandait ce qu'elle allait devenir. Loin de sa famille, Mary avait le cœur gros et souffrait d'être seule. Son frère William et sa sœur Frances lui manquaient, ainsi que ses amies. Le soir, elle lisait à la bougie dans sa chambre en regrettant sa vie à Londres.

Edward s'était éloigné d'elle sans raison véritable et ne lui donnait plus de nouvelles. Elle souffrait de son silence. Si elle lui était reconnaissante de l'avoir épousée sans dot, elle ne comprenait pas les raisons de leur séparation.

Alors qu'il avait été si passionné pendant la durée de leur relation secrète, il ne lui témoignait plus qu'une attention distante et semblait surtout occupé par sa carrière politique et ses affaires.

Mary lui écrivit pour lui faire part de ses sentiments.

« En me donnant à vous, j'ai abandonné tout désir de plaire au reste de l'humanité, dont l'opinion m'est absolument indifférente. Je déplore votre absence, comme si vous étiez toujours mon amant… »

Elle confia ensuite à sa chère Philippa qu'elle ne vivait pas un mariage Paradis, mais se réconfortait en pensant avoir évité un Enfer…

Elle subissait ce qu'elle avait redouté, l'enfermement et la rupture avec ses amies. Maintenant, elle dépendait entièrement de son mari qui menait sa vie comme il l'entendait, sans même s'intéresser à la sienne.

Comme elle refusait de passer l'hiver dans le nord de l'Angleterre, toujours froid et brumeux, elle quitta Wallingwells en décembre pour se rendre à Hinchingbrooke, près de Cambridge, chez Lord Sandwich, un cousin des Montagu.

Edward, qui l'avait accompagnée, lui avoua ses regrets de devoir la quitter à nouveau, mais n'en poursuivit pas moins sa route vers Londres.

Mary, qui était assez forte et courageuse pour ne pas se laisser abattre, désirait se réconcilier avec sa famille. Elle prit contact avec Lord Pierrepont, l'oncle de son père, et Burnet, l'évêque de Salisbury, pour qu'ils interviennent en sa faveur.

Ce fut une période difficile pour elle. Son propriétaire étant absent, elle se retrouvait seule dans une maison abandonnée, n'ayant d'autre occupation que la lecture de vieux papiers de famille et de manuels d'économie qui ne l'intéressaient guère. Elle se sentait gagnée par la mélancolie et souffrait que son mari ne prenne même pas le temps de lui écrire, sauf pour lui adresser quelques généralités sans âme.

C'en était fini de leurs échanges poétiques et de leurs jeux de séduction, elle avait l'impression que son esprit s'éteignait dans la solitude et que sa plume perdait de sa vivacité.

Même s'il semblait indifférent, Edward avait gardé son naturel jaloux, allant jusqu'à soupçonner que le rouge-gorge qui tenait compagnie à sa femme, « avec beaucoup de gaieté et d'humanité », comme elle l'écrivit, ne fût en réalité un soupirant…

Mary lui exprima son chagrin dans un poème attendrissant.

« Près d'une branche à moitié pourrie
Melantha était assise en silence
La pauvre fille rêvait de retourner à la ville… »

Pour la distraire, et n'avoir plus à se soucier d'elle, il lui fit parvenir une copie d'une tragédie de Caton, en lui demandant d'en faire la critique. Leurs amis whigs, écartés du pouvoir, y voyaient un moyen d'assimiler le vertueux Caton à un patriote whig s'opposant à la tyrannie des tories.

La pièce, mise en scène au printemps, avait remporté un vif succès.

Comprenant qu'on voulait la tenir occupée, Mary se prit au jeu et rédigea un commentaire détaillé, « écrit à la demande de Mr. Wortley, non publié à la demande de Mr. Addison ».

Après avoir critiqué certains des caractères de l'intrigue et allant jusqu'à corriger le style de l'auteur, elle en fit néanmoins un vif éloge.

Peu de temps après, elle tomba malade. Elle perdit la finesse de sa taille. Son beau visage était devenu terne et boursouflé. On fit venir un médecin qui attribua ses maux aux péripéties de sa fugue. Comme son état ne s'améliorait pas, Wortley condescendit tout de même à venir la retrouver pendant quelques jours.

On découvrit alors qu'elle était enceinte. Tandis qu'elle se réjouissait de ce bonheur, la nouvelle laissa son époux indifférent, qui s'empressa de retourner à Londres.

Mary allait avoir 24 ans quand elle rejoignit son mari au printemps 1713. Elle accoucha d'un garçon qu'on appela Edward comme son père. Ne pouvant rester dans la capitale où les loyers étaient trop élevés, le couple loua une maison à Middlethorpe, dans le Yorkshire.

La jeune femme aimait la solitude qu'elle choisissait, mais pas celle qu'on lui imposait. Heureusement, la proximité de York lui rendait la vie plus agréable parce qu'elle pouvait recevoir des visites. Notamment celles de John Vanbrugh, qui achevait la construction de Castle Howard, un magnifique château non loin de York, propriété du comte de Carlisle, une personnalité whig influente.

L'architecte, qui avait assisté à la soirée du Kit Kat Club où elle avait été élue beauté de la soirée, avait toujours apprécié la jeune femme pour son esprit et le charme de sa conversation.

Mary fut ravie d'apprendre que Philippa venait de se marier.

« Je ne doute pas que votre félicité soit durable, lui écrivit-elle. J'avoue que contrairement à l'opinion de mon sexe en général, je tiens que c'est la femme qui fait un bon ou un mauvais mari, car, si le manque de réflexion est le brandon de toutes les discordes matrimoniales, il faut avouer que ce défaut est plus fréquent du côté des femmes. De votre part, je n'ai rien à redouter de la sorte. Votre bon naturel et votre bon sens vous auront chaque jour l'estime accrue de monsieur Massingberd et, alors que ses yeux s'accoutumeront à votre beauté, votre conduite et votre conversation fixeront son amour sur des bases véritables… Je suis certaine que monsieur Massingberd est conscient de l'avantage qu'il a sur le reste de l'humanité, car il est beaucoup plus rare et plus avantageux d'épouser une femme raisonnable qu'une fortune de quarante mille livres… »

Wortley vint bientôt la retrouver. Il passa près d'une année auprès d'elle, entrecoupée de nombreux séjours à Londres ou à Durham. La jeune femme se révélait une mère aimante et soucieuse de la santé de son fils, dont son mari ne se préoccupait guère.

Pendant ses absences, elle n'hésitait pas à lui faire la leçon en lui reprochant de se plaire davantage en la compagnie de ses amis qu'avec elle.

« Votre silence m'attriste… et rien ne me rend plus mélancolique que de me dire que vous m'oubliez », lui écrivit-elle, alors qu'elle était à nouveau sans nouvelles de lui. Il semblait préférer la personne brillante en société, dont il était fier, à l'épouse qui lui reprochait son éloignement et ses lettres trop courtes et dénuées de chaleur.

Au début du mois de juin, Mary fut bouleversée d'apprendre la mort de son frère William qu'elle aimait tant. Il avait succombé à l'âge de 21 ans à la variole, laissant une veuve et deux enfants.

En méditant ce drame devant le miroir de sa coiffeuse, elle passa sa main sur son visage. Sa peau était si fine qu'elle ne pouvait l'imaginer couverte de pustules. Que se passerait-il si elle était atteinte, elle aussi, par ce redoutable fléau qui faisait des ravages partout dans le monde ? Certains ne manqueraient pas de dire que c'était un châtiment du ciel pour sa mauvaise conduite.

CHAPITRE 15
MARY RETROUVE SES ESPRITS

Le 1er août 1714, la reine Anne mourut sans laisser d'héritier. Cet événement allait changer la vie de Mary. Pour écarter une restauration catholique et assurer une succession protestante, le Parlement avait voté en 1701 l'Acte d'Établissement. La loi stipulait que, sans descendance, la couronne irait à Sophie, l'électrice de Hanovre ou à ses ayants droit. Sophie venant de mourir, ce fut son fils George, un protestant, qui fut proclamé roi de Grande-Bretagne et d'Irlande.

Mary se trouvait à York le jour de la cérémonie destinée à célébrer la nouvelle dynastie. Elle reprenait goût à la vie. Les cloches et les acclamations résonnaient dans les rues où les feux de joie étaient allumés. Jamais elle n'avait assisté à une fête aussi importante et grandiose. Comme elle était encore seule, elle suivit le cortège derrière l'archevêque et le maire, qui traversèrent la ville avec toute la noblesse de la région et la population en liesse qui chantait et criait : « Liberté, propriété, et vive le roi George ! »

L'électeur de Hanovre arriva à Londres à la mi-septembre et fut couronné roi le mois suivant sous le nom de George Ier. La succession s'étant faite au détriment du prétendant Stuart, le prince James, reconnu comme héritier légitime par Louis XIV, on pouvait redouter des soulèvements en sa faveur, notamment de la part des catholiques écossais.

Mary estima préférable de quitter Middlethorpe, qu'elle jugeait trop proche de l'Écosse, pour se réfugier chez les filles de Lord Carlisle à Castle Howard. Les jardins, qui étaient magnifiques, avaient été conçus à la française et à l'anglaise.

Tout le monde était sous son charme et appréciait sa gaieté. Comme elle se sentait bien chez ses amis, elle y demeura jusqu'au mois de septembre.

Toujours sans nouvelles de son époux, elle disait en souriant qu'elle avait fini par oublier qu'elle avait un mari ! Elle lui en voulait de ne pas avoir songé au chaos dans lequel ce bouleversement soudain l'avait plongée. Qu'il ne s'inquiète ni de son fils, ni d'elle, durant cette période d'incertitude, l'avait profondément blessée.

De retour à Middlethorpe, elle décida de profiter des opportunités que lui offrait l'arrivée au pouvoir du nouveau roi. Les whigs, qui s'étaient battus pour imposer une succession protestante, entendaient bien être récompensés. Mary, qui avait fréquenté des ministres influents chez son père et s'était initiée à la complexité du jeu politique, se sentait assez forte pour conseiller son époux afin d'assurer sa réussite.

Fine observatrice, elle jugeait qu'il était trop réservé et

pas assez entreprenant. Pensant que de nouvelles opportunités pourraient se présenter à lui, elle lui suggéra de rester à Londres pour rencontrer le roi. Le Parlement allait être dissous et de nouvelles élections étaient prévues. Peu à peu, elle reprenait confiance en elle et n'hésitait pas à lui faire la leçon.

« Il en est du gouvernement comme d'une pièce représentée à la Cour, lui écrivit-elle. On y entre par une porte étroite devant laquelle se presse une grande foule de gens qui se bousculent pour passer les premiers. Ceux qui jouent des coudes, ne bronchent pas lorsqu'ils reçoivent des coups de pied et poursuivent vigoureusement leur chemin, sont sûrs d'avoir une bonne place ; tandis que l'homme modeste qui reste en arrière, se fait déchirer ses habits, bousculer par tout le monde, et voit passer devant lui mille personnes qui ne le valent pas. »

Elle fut contrariée que la circonscription de Huntingdon, fief des Montagu où son époux avait été élu, soit reprise par son père. Celles qui étaient importantes étant déjà attribuées, elle le poussa à être candidat à Aldborough, une localité plus modeste où il pourrait bénéficier de l'aide de Lord Pelham, l'une de leurs relations.

À l'automne, Wortley n'avait toujours pas de siège. Exaspérée par son indécision et son manque d'agressivité, Mary continua à lui prodiguer conseils et recommandations.

Après l'avoir longtemps prié de renouer avec son père qui venait de se remarier avec la fille du comte de Portland, à peine plus âgée qu'elle, elle fut heureuse d'apprendre qu'ils s'étaient enfin rencontrés. Il n'était plus question de parler de sa dot, ce qui laissait entendre que la réconciliation familiale était proche.

Peu après le couronnement, Lord Halifax, qui venait d'être nommé Premier Lord du Trésor, proposa à Wortley un poste de Commissaire aux Finances. Comme il hésitait à le prendre, ne le trouvant pas assez prestigieux, Mary le pressa d'accepter.

« N'oubliez pas, lui écrivit-elle en octobre, que l'argent est source du pouvoir... Si vous obtenez un poste au Trésor, vous serez mieux considéré et plus facilement élu. Si vous n'en obtenez pas, alors que toutes vos relations en ont, on ne pensera pas que vous négligez votre fortune, mais que c'est vous que l'on néglige. »

Son mari finit par se laisser convaincre.

Comme Mary l'avait prévu, sa nouvelle position dans le gouvernement facilita son élection comme représentant de la Cité de Westminster. En l'engageant à occuper une place digne de son rang et de son ambition, Mary montrait sa subtilité et son sens politique. Elle avait du caractère et elle lui fit comprendre qu'il pouvait compter sur elle.

« Si j'étais votre amie et non votre femme, je vous parlerais de la même façon, sans me préoccuper d'autre chose que de votre crédit et de votre réputation, qui me sont mille fois plus chers que la magnificence ou l'argent. »

Étonnante Lady Mary ! La solitude l'avait transformée. Elle se sentait plus forte et plus lucide. Et éprouvait un sentiment de liberté qu'elle n'avait jamais ressenti. Cependant, elle souffrait toujours du manque d'affection de son mari.

« Comment oublierais-je que je vous ai quitté en juillet et que nous sommes maintenant à la mi-novembre ? Vous écrivez rarement et l'indifférence même de vos lettres montre que vous ne pensez guère à moi… Songez que la solitude et la mélancolie qu'elle engendre sont propres à faire naître les idées les plus moroses et que pour dissiper l'inquiétude presque inséparable de l'absence, il faut à tout le moins des lettres tendres et des mots doux. »

Elle rejoignit son mari à Londres au début du mois de janvier 1715, car elle était désireuse d'assister à la cérémonie d'ouverture du Parlement où les whigs avaient remporté une large majorité.

Elle se réjouissait d'en finir avec cette période douloureuse de sa vie et appréciait de quitter ces régions où elle se sentait exilée depuis deux ans.

Comme c'était l'hiver, elle confia son enfant à des amis de York pour lui éviter le froid et les dangers de la route, puis elle choisit de partir un soir de clair de lune, en pensant que la lumière de l'astre lui permettrait de se rendre au plus vite à la capitale. Elle était sûre qu'une nouvelle vie l'attendait, plus enrichissante et plus gaie.

À Londres, elle dut se contenter de la modeste petite maison sur Duke Street que son mari avait choisie. Elle avait l'avantage d'être proche de St. James's Palace et du Parlement, mais l'inconvénient d'être fort bruyante et humide.

Apprenant que les précédents propriétaires étaient morts de la variole, elle fit changer toute la literie pour préserver son fils de la maladie.

Elle appréciait d'avoir un petit bureau où poser son écritoire et une bibliothèque pour ranger les livres dont elle ne se séparait jamais. Enfin, elle engagea une nurse pour s'occuper du petit Edward qu'elle fit venir à Londres.

Les retrouvailles avec son mari ne furent pas très chaleureuses. Edward lui manifestait peu de tendresse. À force de vivre séparés, ils semblaient devenus étrangers l'un à l'autre. Alors qu'elle lui demandait s'il l'aimait encore, il se contenta de lui embrasser la main, mais resta évasif sur la profondeur de ses sentiments.

Elle comprit qu'il ne fallait plus attendre de lui une passion amoureuse et qu'elle devrait désormais s'accommoder de cette relation distante.

CHAPITRE 16
LA PRÉSENTATION À LA COUR

Ce jour-là, il ne pleuvait pas. Londres vibrait d'intensité et les rues semblaient rutiler d'or. Des carrosses richement ornés roulaient vers St. James's Palace, conduits par des cochers portant des perruques et des petits chapeaux oblongs passementés.

Ils s'arrêtaient devant le palais qui n'avait rien de grandiose.

Selon l'écrivain Daniel Defoe, son parc n'était qu'une espèce de bosquet anglais avec un grand pré où paissaient des chevaux. Les Wortley, qui n'avaient ni voiture, ni cocher, se rendirent au palais en chaise à porteur.

Si elle se réjouissait d'être présentée au nouveau roi, Mary n'était plus une jeune femme meurtrie par son amour déçu, mais une conquérante, prête à jouer de ses charmes.

Quand elle pénétra au bras de son époux dans la grande salle du palais, tous les regards se tournèrent vers elle. Elle était resplendissante dans une robe blanche, brodée de fleurs, qui mettait en valeur ses boucles noires ramenées sur l'une de ses épaules.

Les courtisans se demandaient qui était cette jeune femme dont la beauté éclipsait toutes les autres. On lui trouvait du style, un style bien à elle. C'était surtout son beau regard qui frappait ceux qui ne l'avaient jamais rencontrée. « The Wortley Eye », comme le qualifierait plus tard Alexander Pope, était si vif qu'il obligeait les autres à baisser le leur.

Sachant que le roi ne parlait pas anglais, elle avait appris quelques compliments en allemand pour lui plaire. George Ier était un personnage flegmatique. Âgé d'une cinquantaine d'années, il avait eu deux enfants de Sophie-Dorothée de Brunswick-Lunebourg. Comme ils se trompaient mutuellement, ils avaient fini par se séparer. Le mariage avait été dissous et Sophie-Dorothée, accusée de l'avoir trahi, avait été internée au château d'Ahlden où elle se morfondait depuis trente-deux ans. On lui avait interdit de revoir ses enfants qui furent privés de leur mère à jamais.

Quand le maître de cérémonie la présenta à Sa Majesté, Mary lui fit une révérence en l'accompagnant de quelques mots dans la langue de son pays. Le roi fut enchanté de rencontrer une jeune personne aussi éclatante de beauté et si pleine d'esprit. Il lui sourit, avant de lui répondre en allemand :

– Madame, vous serez l'un des joyaux de notre cour !

Mary voulait plaire au nouveau roi. Elle avait plu et ressortit du palais enchantée par la cérémonie.

Peu après son accession au trône, Sa Majesté fit venir à Londres le prince George et son épouse Caroline d'Ansbach, la princesse de Galles. Le roi n'était pas dans les meilleurs termes avec son fils qui lui reprochait de laisser sa mère emprisonnée. Contrairement à son père, le prince avait fait un mariage d'amour. Son épouse et lui avaient survécu à la variole dont ils avaient été atteints après la naissance de leur premier enfant.

Mary s'interrogeait sur l'aptitude du nouveau roi à devenir anglais et à se faire aimer du peuple. En privé, elle le qualifiait « d'honnête imbécile ».

Elle ne tenait pas non plus le prince de Galles en haute estime parce qu'il détestait l'Angleterre et était réputé pour « être vulgaire au physique et grossier au moral ».

Si elle appréciait que la princesse Caroline patronne à la Cour gens de lettres et savants, Mary s'en méfiait. Elle la trouvait mesquine et fourbe.

Et comme dans toutes les cours, les courtisans habiles et ambitieux cherchaient à obtenir des faveurs de l'un ou de l'autre.

Malgré le peu de sympathie qu'elle avait pour la famille royale, Mary joua de ses charmes pour être admise dans l'entourage du roi. Elle se laissait griser par les succès qui lui faisaient oublier les tristes épisodes de sa vie conjugale. Sa facilité pour les langues lui permit de se perfectionner en allemand et de converser avec le monarque lors des ennuyeuses soirées privées où elle était une des rares Anglaises à être admise. Elle continuait à cultiver l'amitié des maîtresses royales, surtout celle de la baronne Kielmannsegge, qui avait de l'humour et de la conversation.

Mary se mouvait avec grâce. Sa beauté, son raffinement et une langue prompte à se délier n'étaient pas les moindres de ses atouts. Sa chevelure noire opulente et soyeuse lui évitait de porter une perruque. On copiait ses écharpes de soie, la couleur de ses bottines, ses coiffures. En charmant les personnages les plus puissants et les penseurs les plus brillants, elle ne cessait d'agrandir le cercle de ses admirateurs. C'est ainsi qu'elle fit la conquête des dames de compagnie de la princesse Caroline.

Les fastes de la société lui plaisaient sans l'impressionner, aussi menait-elle la vie d'une personne de son rang. Le lundi, elle fréquentait le salon de la princesse de Galles, le mardi, celui de Lady Mohun. Elle allait à l'opéra le jeudi, au théâtre le vendredi.

Elle ne se contentait pas de rapports futiles et mondains, mais recherchait la compagnie de jeunes femmes avec qui prendre plaisir à converser.

Ayant toujours vécu dans les propriétés familiales ou dans des cercles fermés, Mary, qui était dotée d'une certaine finesse selon les uns, d'une certaine naïveté selon les autres, ignorait tout des coteries de la Cour. Elle se croyait à l'aise dans un monde où l'on ne pouvait pas distinguer les personnes intéressantes des hypocrites ou des affabulateurs.

Son amie Lady Bristol finit par la prévenir que les cabales à son égard allaient bon train. Elle ignorait que les remarques acerbes pouvaient se cacher sous les sourires. On l'observait avec jalousie, car les femmes séduisantes et brillantes étaient toujours détestées, particulièrement dans l'entourage des rois.

Ses bonnes relations avec la princesse de Galles la préservèrent un certain temps des intrigues. Comme elle n'avait pas l'esprit au commérage, elle finit par déchanter en découvrant que la Cour était un lieu de manigances et de querelles.

À Londres, la comtesse de Loudoun était particulièrement perfide. « Lady Mary, écrivit-elle à son mari, apprend l'allemand pour faire la cour au roi, mais cela ne peut pas marcher, car il ne peut aimer une personne aussi petite, aussi grand que soit son esprit ! »

Elle ajoutait avec méchanceté que le roi devait préférer des femmes aux charmes plus développés…

Mary s'aperçut peu à peu que le patronage était un moyen de gouverner dont les rois se réservaient les avantages. La distribution des honneurs et des fonctions lui déplaisait profondément.

Comme elle cherchait à se protéger des histoires, elle eut l'intelligence de s'éloigner quelque peu de ce monde hostile et sournois pour se rapprocher des brillants amis de son mari, Addison et Steele.

Elle, qui s'était éduquée seule, était fière d'entretenir des relations avec l'abbé Conti. Ce philosophe, mathématicien, venu à Londres pour observer une éclipse du soleil, avait arbitré la controverse entre le philosophe Leibniz et Isaac Newton sur l'invention du calcul infinitésimal. Il disait que les femmes de son temps n'aimaient pas avec le cœur, mais avec la tête. Il avait amusé Mary en lui rapportant qu'il avait quitté son ordre religieux parce qu'il ne supportait plus d'entendre les confessions.

Plus tard, il allait devenir membre de l'éminente Royal Society et elle lui resterait toujours fidèle en amitié. Mary se lia aussi avec le médecin et poète Samuel Garth, que le roi venait de faire chevalier avec l'épée du duc de Malborough.

Son esprit, qui avait besoin de sollicitations, et ses premiers succès lui insufflèrent le désir de reprendre discrètement sa plume.

Cela faisait un moment qu'elle y pensait. Sous le pseudonyme de « *Lady President* », elle publia un premier article dans le *Spectator* de Joseph Addison.

Tandis qu'elle brillait à la Cour, son époux espérait jouer un rôle en politique. S'il avait été déçu de ne pas avoir eu le poste qu'il convoitait, il pensait qu'il était le seul au Trésor à parler français et à pouvoir s'entretenir directement avec le roi qui ne discutait des affaires que dans cette langue.

Le monarque s'intéressait peu aux questions intérieures anglaises et laissait ses ministres traiter directement avec le Trésor. Pour comble de malchance, Lord Halifax, son mentor, qui lui avait fait obtenir son poste, mourut au printemps et fut remplacé par Robert Walpole qui nomma l'un de ses protégés à sa place.

L'harmonie semblait revenue dans la famille. Mary avait réussi à se réconcilier avec son père, que le roi venait de nommer duc de Kingston.

En revanche, sa sœur Frances, qui comptait sur un avenir meilleur avec le changement de régime, avait été profondément déçue. Lord Mar, son époux, comprenant qu'il n'avait rien à attendre du nouveau roi, avait rejoint en secret la faction jacobite qui complotait pour fomenter une rébellion en Écosse.

CHAPITRE 17
LE CERCLE DE JERVAS

Mary préféra s'éloigner de la Cour pour s'ouvrir au monde littéraire et artistique où elle se sentait plus à son aise. Elle y retrouvait son ami William Congreve qui lui présentait tous les beaux esprits qu'il jugeait susceptibles de lui plaire. Il n'avait rien écrit depuis *Le Train du monde* et ses œuvres étaient passées de mode, mais il restait proche d'elle et venait souvent la visiter.

Comme il désirait garder un souvenir d'elle, il demanda au peintre Charles Jervas de faire son portrait.

– Cela me serait difficile, lui répondit celui-ci.

– Qu'avez-vous à redire d'une personne si charmante ?

– Lady Mary est d'une beauté exceptionnelle. Je ne suis pas sûr de pouvoir saisir l'éclat de son regard et la grâce irrésistible de son maintien.

Elle se rendait parfois dans l'atelier de l'artiste, car elle aimait s'entretenir avec lui. En arrivant un matin, elle l'aperçut au travail, palette en main. Désireuse de découvrir qui était son modèle, elle se haussa sur la pointe des pieds pour essayer de le voir, mais sans y parvenir.

Un assistant qui la surprit lui demanda de patienter derrière la verrière afin de ne pas troubler la séance. Après avoir enlevé son chapeau, elle demeura en retrait, impatiente de découvrir qui prenait la pose.

Alors que le silence régnait, elle sursauta en entendant le peintre s'écrier :

– Alexander ! Détendez-vous ! On a l'impression que vous avez avalé une épée !

– Je ne supporte plus la douleur qui chaque jour prend davantage possession de mon corps, s'écria celui-ci d'une voix sombre.

– Pourriez-vous tenir encore quelques instants… Nous allons bientôt faire une pause.

Quand le modèle se leva, Mary fut surprise de voir apparaître un homme encore jeune, mais déjà voûté et difforme.

Il s'agissait du célèbre poète anglais Alexander Pope. Son poème « La Boucle de cheveux dérobée », qui racontait sur le mode de la parodie une dispute galante entre aristocrates oisifs, venait de remporter un vif succès.

Le poète souffrait depuis l'enfance d'une tuberculose osseuse. Sa taille ne dépassait pas un mètre trente-sept. Après avoir remis ses pinceaux à son assistant, le peintre se tourna vers Mary.

– Quel bonheur de vous voir, mon amie !

– Je ne voudrais surtout pas vous troubler, fit la jeune femme, rose de confusion.

– Rien ne me rend plus heureux et plus fier que votre présence en ces lieux ! Puis-je vous présenter mon modèle et ami, Alexander Pope ?

Mary lui sourit.

– On ne parle que de vous en ce moment, dit-elle en s'adressant au poète qui venait de s'incliner devant elle. J'ai entendu dire que la traduction de vos premiers chants de l'*Iliade* remportait un vif succès et s'arrachait jusque dans les librairies de Paris.

– C'est le fruit d'un lourd travail, mais comme vous le savez sans doute, « l'*Iliade* est un délicieux jardin, où tout est naturel ».

– J'espère que nous pourrons en reparler quand monsieur Jervas aura achevé son œuvre.

Pendant le court moment où ils burent ensemble du vin de Canaries, Pope cherchait à briller à ses yeux en faisant des jeux de mots pour la séduire.

Le poète souffrait de deux infortunes. Comme il était catholique, il ne pouvait prétendre à aucun emploi civil, ni appartenir au parti whig. Bien que ses premiers poèmes, *Les Pastorales*, écrits à l'âge de 16 ans, avaient été édités par Jacob Tonson, il n'avait pu entrer au Kit Kat Club, ce qui ne l'empêchait pas d'entretenir d'étroites relations avec ses membres les plus influents.

Quand il reprit la pose, Mary se retira discrètement. De retour chez elle, elle nota sur son carnet :

« Je viens de rencontrer un grand poète, dont l'amitié va m'inspirer. »

Elle ignorait que Pope était le plus misogyne des hommes. Son cynisme véhiculait tous les mythes de l'époque. Celui de la femme emportée par son humeur plus que par sa raison, de la coquette, de la lunatique soumise à des sautes d'humeur, de la futile, de la libertine. Si les femmes brillantes et belles attiraient cet être disgracieux, leurs relations tournaient souvent mal parce qu'elles étaient réticentes à ses jeux de séduction.

Le poète avait impressionné Mary, mais elle raconta à ses amies qu'elle serait effrayée qu'il s'approche trop près d'elle. C'était pourtant ce dont il rêvait. Obsédé par la sexualité et l'idée du péché, il était attiré par les femmes d'esprit, ce qui semblait contradictoire avec son idéal de la docilité féminine.

Sa tuberculose l'obligeait à porter un corset et des bandeaux de flanelle. Ses douleurs, qu'on essayait de soulager avec des bains et des emplâtres, avaient des effets désastreux sur ses humeurs et le gênaient pour achever sa traduction de l'*Iliade*.

Joseph Addison la mit en garde.

– Il paraît que Pope est épris de vous, lui dit-il. Il se flatte d'avoir les faveurs d'une jeune femme qui combine noble naissance, intelligence et beauté.

– Je suis fière qu'il s'intéresse à moi, mais je dois avouer que son caractère possessif me fait parfois un peu peur.

– En le fréquentant, il pourrait devenir encore plus entreprenant et vous entraîner dans une position délicate. Vous devriez vous en éloigner par prudence. Les maux dont il souffre le torturent et le rendent cynique, surtout avec les femmes. C'est un être fondamentalement chicaneur et misogyne qui n'hésiterait pas à vous nuire si l'envie lui prenait.

Peu de temps auparavant, Mary avait fait la connaissance de John Gay, que lui avait présenté William Congreve. Gay, un grand ami de Pope, écrivait alors des parodies bucoliques, imitées de Virgile, où des personnalités de la haute société londonienne remplaçaient les bergers. Ce genre de poésie convenait à l'esprit de Mary.

Pope se saisit de ce prétexte pour la revoir et ils publièrent ensemble trois églogues. « La Toilette », écrite par John Gay, les deux autres par Mary. Dans « La Table à Jeu », elle se mettait en scène avec Lady Bristol, une de ses amies, férue de jeux de cartes.

Le troisième poème, « Roxana ou Le Salon », était plus satirique. Roxana, pseudonyme pour une duchesse de la Cour, se plaignait que la princesse de Galles ait donné le poste qu'elle convoitait à une autre dame peu respectable et en profitait pour critiquer l'entourage de la princesse jugé immoral.

Ce genre de poèmes, évoquant des personnages haut placés, ne circulaient habituellement que dans le cercle fermé des amis de l'auteur. Mary allait apprendre à ses dépens que ce n'était pas toujours le cas.

CHAPITRE 18
THE SMALL POX

Cette année-là, l'hiver survint brutalement, enfouissant Londres sous un linceul de neige. Un voile de brume sombre flottait au-dessus de Westminster. Seules quelques élégantes, les mains enfouies sous leur manchon, se hâtaient sur les trottoirs. Les coches étaient rares dans les rues tandis que les marchandes soufflaient sur leurs doigts en déplorant l'absence de clients, malgré la proximité de Noël.

Accaparé par la politique et les affaires, Edward Wortley passait alors une grande partie de son temps dans sa circonscription et dans le Yorkshire. La vague de froid et ses mines de charbon qui tournaient à plein régime lui donnaient un prétexte pour se tenir éloigné de son épouse.

Chacun menait sa vie. Mary regrettait qu'ils aient renoncé à leurs jeux de séduction et qu'ils ne cherchent plus à s'éblouir par des poèmes en latin. On ignorait ce qui pouvait encore les lier et les attirer l'un vers l'autre.

En cette fin de décembre 1715, elle était seule dans sa maison de Duke Street que les pluies de l'automne avaient rendu humide et inconfortable. Après avoir endormi son fils, elle s'enroula dans un plaid et commença à lire près de la cheminée. Comme le feu la réchauffait à peine, elle prit un cordial pour se réconforter et se préparer au sommeil.

Le lendemain, elle se mit à frissonner en se levant.

« Serais-je malade ? » se demanda-t-elle en s'approchant de son miroir. Ses yeux étaient brillants, ses pupilles dilatées. Pensant que c'était l'époque où les grippes fleurissaient, elle envoya sa servante chez l'apothicaire pour acquérir les onguents qui lui faisaient du bien.

Par précaution, elle tint son fils éloigné d'elle et se contenta de boire des tisanes d'écorces de quinquina pour se réconforter.

Les jours suivants, elle passa son temps à lire, enroulée dans son châle près du feu. Elle éprouvait une grande fatigue et s'étonnait de souffrir du dos alors qu'elle s'était longuement reposée. De temps à autre, elle agitait la sonnette pour que l'on vienne rajouter des bûches dans la cheminée. On lui servait du thé, mais elle refusait toute nourriture.

– J'ai simplement besoin de repos, disait-elle à sa servante. Pouvez-vous veiller à ce qu'on s'occupe bien de mon fils, car je désire lui épargner mon rhume.

En se réveillant un matin, elle réalisa avec horreur que les maux de tête et de dos dont elle souffrait étaient semblables à ceux qu'avait endurés son frère peu avant que la variole ne se déclare. Elle s'efforça de se calmer en se persuadant que ses douleurs n'avaient rien à voir avec les symptômes de la maladie. Si sa gorge, sa bouche et ses narines étaient enflées et douloureuses, elle pensait ne souffrir que d'un simple refroidissement.

Elle commença à s'affoler en voyant apparaître sur son visage des taches rouges, des vésicules remplies de liquide et des pustules qui devenaient de plus en plus douloureuses en grossissant. On appela à son chevet Sir Hans Sloane et Samuel Garth, les plus célèbres médecins de Londres, qui étaient au service du roi George. Ils confirmèrent qu'elle souffrait bien de la terrible maladie.

Mary ressentit alors une grande anxiété et pensa qu'elle allait mourir. Elle éprouvait une curieuse impression, comme si son corps et sa tête n'étaient plus liés, comme si toute sa chair tentait d'affoler son cerveau en une fiévreuse effervescence. Son visage était méconnaissable. Si par bonheur elle survivait à la maladie, elle craignait de garder de vilaines traces sur sa peau qui pourraient la défigurer.

Peu avant Noël, les rumeurs les plus contradictoires se répandirent à la Cour, où l'on prévoyait sa mort prochaine. Elle eut même des ennemis pour s'en réjouir. Dès que son époux eut connaissance de sa maladie, il s'empressa de retourner à Londres afin de rester auprès d'elle. Les méchantes langues assuraient que la faveur dont bénéficiait Mary auprès du roi servait sa carrière et qu'il craignait qu'elle ne soit compromise si elle venait à mourir.

Sa famille et ses amis tremblaient pour sa vie. Par bonheur, elle semblait résister à la maladie.

Quand la fièvre commença à baisser, elle fut déclarée hors de danger. Elle rendit grâce à Dieu de l'avoir sauvée et d'avoir épargné son fils. Elle n'osait pas se regarder dans son miroir. Son époux essayait de la rassurer, mais il était encore difficile d'évaluer l'importance du désastre sur son beau visage.

Quand elle eut enfin le courage de regarder son reflet, les larmes coulèrent sur ses joues. Ses longs cils qui lui donnaient autrefois une personnalité hors du commun avaient disparu, conférant une certaine dureté à son visage, aussi interdisait-elle les visites pour éviter d'avoir à subir les regards de pitié.

Mary, qui avait une forte personnalité, se reprit rapidement en main en pensant que ce n'était plus le moment de s'attendrir sur elle-même, mais de surmonter sa disgrâce.

Dans l'espoir de retrouver sa beauté, elle se lavait les joues tous les matins avec *L'Eau de beauté* créée par le parfumeur du roi, censée lui donner un air de fraîcheur naturelle. Elle apprit à se maquiller les yeux pour cacher la disparition de ses cils et passait une pommade pour remplir le creux des cicatrices et dissimuler les vilaines traces de la maladie.

« On me dit que vous êtes hors de danger, lui écrivit Pope, empressé de lui manifester sa joie. N'hésitez pas à prendre un long repos. Votre naturel nous manque et nous avons besoin de votre esprit original pour animer nos discussions poétiques. »

Mary embrassa la lettre en pensant qu'il était réconfortant d'avoir des amis fidèles ! Si elle avait perdu une partie de sa beauté, son esprit était toujours aussi brillant. Les souffrances qu'elle avait surmontées avaient fini par lui insuffler une force inégalée. Que faire d'autre sans son éclat, si ce n'était intensifier ses lectures et ses connaissances ?

Elle fut assez courageuse pour reprendre sa plume et écrire, en français, un conte intitulé *Carabosse*, inspiré par celui de Perrault. Elle se servit de la fable pour tracer son propre portrait. Une gentille fée lui offrait une beauté noble et touchante, mais tous ses souhaits étaient contrariés par une méchante sorcière qui voulait que la variole lui fasse perdre sa beauté à l'âge où elle commençait à sentir ses avantages.

Elle créa également trois nouvelles églogues, dont un poème magnifique, « *Saturday – The Small Pox* », où elle exprimait son désarroi et montrait qu'elle essayait de protéger sa beauté perdue. Flavia, son héroïne, y faisait ses adieux au monde parce qu'elle ne pouvait plus supporter son beau visage défiguré par la maladie.

« Ou aucun faux ami prendra part en mon chagrin
Et pleurera ma ruine avec un cœur joyeux
Laissez-moi vivre dans quelque lieu désert
Laissez-moi cacher à l'ombre cette beauté à jamais perdue.
En larmes je reste gisante, entourée d'amis;
Sous mon masque, tremblant à la vue du jour,
Ma beauté s'est enfuie et ma vie disparaît. Adieu ! »

Au début de l'année suivante, ses amis guettèrent son retour.

« Pauvre Lady Mary, écrivait Lady Loudon qui se disait proche d'elle, elle ne saura pas comment revenir à la Cour. »

Elle rapportait avec une certaine perfidie qu'un de ses poèmes sur la princesse de Galles circulait et que celle-ci en avait eu connaissance.

« Roxana », le fameux poème où Mary critiquait la princesse, aurait dû rester secret, mais commençait à se répandre en ville où le bruit courait qu'elle en était l'auteur.

Les deux églogues, « Roxana » et celle de John Gay, finirent par tomber dans les mains d'Edmund Curll, un éditeur peu scrupuleux qui s'empressa de les publier à la fin mars, sous le titre de *Court Poems*.

Dans la préface, il laissait entendre qu'ils étaient l'œuvre de Gay, de Pope et d'une « dame de qualité ». Furieux d'avoir été trompé, Pope essaya d'arranger les choses, mais l'éditeur refusa d'arrêter la publication.

Le poète décida alors de se venger.

– J'ai fait ce que j'ai pu, dit-il à Lady Mary. Je lui ai dit ce que je pensais de sa malhonnêteté et je lui ai épargné une bastonnade en déposant du vomitif dans son verre.

Mary redoutait que cette affaire fasse scandale. Après sa fuite avec Edward Wortley et son mariage secret, la manière dont elle se conduisait pouvait nuire profondément à sa réputation.

« Ma dignité, écrivit-elle à Pope, ne me permet pas d'être mêlée à de sombres intrigues. J'espère que mon nom n'apparaîtra pas et que je ne serai pas mêlée à cette histoire. »

La princesse de Galles ne sembla pas lui en tenir rigueur. Mary reprit sa place à la Cour, tandis que Pope dans son *Épître à Jervas* complimentait sa beauté retrouvée.

II.

À LA DÉCOUVERTE DES HAREMS

CHAPITRE I
DÉPART POUR LA TURQUIE

Le ciel n'avait jamais été aussi bleu et le temps aussi calme sur les côtes d'Angleterre. La mer ondulait à peine en ces premiers jours d'août. Dans le port de Gravesend, on n'en finissait pas de hisser des malles à bord d'un yacht, destiné au déplacement d'importants personnages dont personne ne connaissait le nom.

Un couple attendait d'embarquer avec sa suite. L'homme portait une livrée à brandebourgs et surveillait les derniers préparatifs. Il était accompagné d'une jeune femme élégante qui tenait un enfant dans ses bras. À demi cachée sous une capeline, elle était vêtue d'une jupe cavalière et d'une veste courte peu adaptées à la saison.

Un vieux paysan les observait de loin en se demandant qui étaient ces personnes à qui il venait de livrer une cage de poules pour qu'elles puissent bénéficier d'œufs pendant leur traversée. S'il pensait que des voyageurs aussi bien habillés devaient être fortunés, il ne les enviait pas de prendre la mer. Mieux valait, selon lui, être sur la lande avec son vieux chariot que sur la mer en bateau.

Quand la jeune femme se retourna, un cri lui échappa en découvrant que son visage était masqué de cuir. Il ne pouvait savoir qu'il s'agissait de Lady Mary qui protégeait du soleil ses jolis traits abîmés par la variole.

Quelques mois plus tôt, son époux avait été nommé ambassadeur extraordinaire en Turquie pour une mission de cinq ans. Les mauvaises langues prêtaient l'obtention de ce poste à Mary qui aurait joué de son influence auprès du roi George. D'autres soupçonnaient que la princesse de Galles ait souhaité l'éloigner de la Cour, trouvant son époux trop empressé auprès d'elle. En réalité, Robert Walpole, devenu chancelier, avait placé un de ses obligés au poste qu'occupait Wortley au ministère des Finances. Ce dernier avait hésité à partir, car les émoluments de trois mille livres à l'année qu'on lui offrait lui paraissaient insuffisants. Son ami l'avait persuadé d'accepter cette fonction diplomatique en lui laissant miroiter une place lucrative à son retour.

Mary, qui avait toujours rêvé de voyager en entendant Addison et son mari évoquer leurs pérégrinations pendant leur Grand Tour, lui avait vivement conseillé d'accepter ce poste.

Attachée à l'équilibre des puissances en Europe, l'Angleterre voulait alors s'opposer aux vues de l'Espagne sur le trône de France, en cas de décès du jeune Louis XV, et sur l'Italie où elle menaçait de reconquérir les territoires qu'elle avait dû céder à l'Autriche lors du traité d'Utrecht.

Il lui fallait donc se rapprocher à la fois de la France et convaincre l'Autriche de ne pas soutenir Venise en guerre contre les Turcs. Entretenant de bonnes relations autant avec Vienne qu'avec la Sublime Porte, l'Angleterre proposait sa médiation pour éviter une guerre avec la Turquie qui aurait empêché l'empereur d'Autriche Charles VI d'intervenir en Italie.

La mission d'Edward Wortley consistait à éviter la reprise des hostilités. Mais, entre la volonté du prince Eugène, président du Conseil de guerre impérial, de chasser les Ottomans d'Europe centrale et les Turcs qui voulaient à tout prix récupérer le Banat de Temesvar en Transylvanie, ses marges de manœuvre paraissaient limitées.

L'ambassadeur devait également représenter les intérêts de la Compagnie du Levant qui avait été créée en 1592 à la suite d'un traité avec l'Empire ottoman, lui accordant les mêmes avantages et droits de commerce qu'aux Français.

Wortley recevrait donc ses instructions à la fois du roi, lorsqu'elles concerneraient les relations diplomatiques, et de la Compagnie lorsqu'elles relèveraient de la préservation des droits et des privilèges commerciaux.

Si Mary souffrait de quitter sa famille et ses amis, elle appréciait de s'éloigner de l'atmosphère délétère de la Cour où sa beauté et son esprit lui avaient valu bien des ennuis. Elle se réjouissait d'aborder maintenant des mondes nouveaux et de pouvoir raconter ses découvertes à ses proches. Son départ les avait attristés, notamment Alexander Pope. Celui qui se prétendait être le plus fidèle de ses admirateurs lui avait écrit qu'il n'aurait plus le cœur de passer devant sa maison, « car ce serait comme s'il passait devant la tombe d'un ami ».

S'il était rare que les épouses accompagnent leur mari en mission, Lady Mary partait à la découverte du monde avec enthousiasme, sans se soucier des risques encourus sur les routes, de la guerre ou de la peste qui sévissait dans certaines régions.

Elle avait soigneusement préparé son voyage, étudié les cartes et choisi une nouvelle écritoire. Elle avait emporté les *Voyages du Chevalier Chardin*, un joaillier huguenot français qui venait de mourir à Londres où il s'était réfugié après la révocation de l'édit de Nantes. Il s'était interrogé sur le sort des femmes enfermées en Orient et comparait les harems à « des couvents de religieuses ».

Si les mœurs orientales la captivaient, les jeunes filles de la haute société n'étaient pas autorisées à exprimer leurs sentiments, car il était indécent de les dévoiler. Elle avait bien réfléchi et pensait qu'elle pourrait disposer d'une plus grande liberté une fois qu'elle serait sur place. Outre les lettres qu'elle adresserait à ses amis, elle souhaitait composer une sorte de récit de voyage, en observant la vie des jeunes femmes. Elle pourrait ainsi montrer la différence entre les jeunes aristocrates anglaises et les jeunes femmes ottomanes. Elle désirait que son voyage soit aussi surprenant que divertissant.

Elle avait également d'autres ambitions. Tout en espérant que le soleil d'Orient atténue les marques que la maladie avait laissées sur son visage, elle comptait étudier la fameusc méthode d'inoculation de la variole auprès d'Emmanuel Timoni, le médecin de l'ambassade d'Angleterre à Constantinople. Si elle fondait de grands espoirs sur cette méthode qu'elle pensait salvatrice, elle désirait en vérifier les effets sur place.

La famille Wortley était bien organisée. La plus grande partie de leur bagage avait déjà été envoyée par bateau à Livourne, d'où il serait ensuite transporté en Turquie. Une vingtaine de livrées avaient été également taillées pour leur suite de serviteurs.

La jeune femme, qui tenait à profiter librement de son voyage, avait engagé une nurse pour son fils, un secrétaire pour son époux et un chapelain. Un médecin les accompagnait également pour veiller sur eux pendant un périple qui pourrait se révéler dangereux.

Avant de partir, elle avait eu droit à une rencontre formelle avec son père qui avait finalement consenti à lui donner sa bénédiction. S'il semblait fier qu'elle soit devenue l'épouse d'un ambassadeur, il ne lui démontra pas beaucoup d'affection.

Après avoir traversé la Tamise et pris la route de Gravesend, quand elle avait vu disparaître le dôme de la cathédrale Saint-Paul, elle avait eu un pincement au cœur, en espérant le revoir un jour.

À Gravesend, les Wortley durent attendre que le vent se lève pour pouvoir appareiller. Le temps était magnifique. Le calme de la mer rendit idyllique le début du voyage vers la Hollande, leur première destination.

Mary, qui voyait s'éloigner les côtes d'Angleterre avec un sentiment de paix, se laissa emporter dans le murmure de la nuit. Jamais elle n'avait vu un horizon aussi scintillant d'étoiles et elle remercia le ciel de lui offrir le voyage dont elle rêvait.

Le lendemain, le temps changea et ils furent pris dans une violente tempête.

Le vent soufflait si fort que les marins ne pouvaient pas tenir debout. L'anxiété se lisait sur tous les visages. Jamais Mary ne vit un homme plus épouvanté que leur capitaine qui, cédant à la panique, finit par abandonner son équipage pour s'enfermer dans sa cabine et prier Dieu de les sauver du naufrage.

Heureusement, le mauvais temps se calma bientôt. Soulagée d'en avoir fini avec la tempête, elle écrivit à sa sœur qu'elle n'avait éprouvé ni peur, ni mal de mer, mais avait eu hâte de se retrouver sur la terre ferme.

Refusant d'attendre que leur bateau ait gagné Rotterdam, elle insista auprès de son époux pour qu'ils rejoignent en chaloupe l'écluse du Helder. Une fois sur place, ils louèrent des voitures pour les conduire à La Brielle, le port d'où se faisait le trafic maritime de la Hollande avec l'Angleterre. Puis, toujours par la route, ils rejoignirent Rotterdam.

À peine arrivée, Mary désira visiter la ville. Aussi laissa-t-elle son mari à ses affaires, le petit Edward à sa gouvernante, et se lança-t-elle à la découverte du port pour se mêler aux gens du pays.

Aucune cité ne lui parut aussi bien organisée pour le commerce que Rotterdam. De larges canaux permettaient aux négociants de faire accoster leur navire jusqu'à la porte de leurs entrepôts qui étaient d'une singulière magnificence et contenaient les plus belles marchandises, à meilleur marché, pensait-elle, qu'en Angleterre.

Ce fut surtout la propreté de la ville qui la fascina. Elle fut surprise de voir des servantes nettoyer à grande eau les rues pavées, de sorte que les quais étaient si bien astiqués qu'on pouvait s'y promener sans se salir.

Comme tous les voyageurs, elle aimait faire des comparaisons. Aussi nota-t-elle dans ses carnets que « les promeneurs n'étaient pas incommodés comme à Londres par des estropiés peu ragoûtants, ni harcelés par des fainéants qui préféraient la friponnerie à l'honnêteté ».

CHAPITRE 2
EN ROUTE VERS VIENNE

Peu de temps après leur arrivée, les Wortley quittèrent Rotterdam pour rejoindre Vienne. Ils disposaient de plusieurs voitures dont l'une servait de bureau à l'ambassadeur qui y travaillait avec son secrétaire.

Mary, qui se retrouvait seule avec son fils dans la sienne, était d'une humeur joyeuse. Le voyage lui paraissait féerique. Elle comptait sur les succès de son époux pour demeurer longtemps en Turquie et observer les femmes orientales dont la vie ne pouvait pas être pire que celle des aristocrates anglaises à qui on imposait un mari dont elles ne voulaient pas et avec lequel elles étaient obligées de coucher sans désir et de faire l'amour sans plaisir.

Elle était ouverte sur le monde, s'intéressait à tout et notait dans ses carnets ce qui la surprenait. C'est ainsi qu'en traversant l'Allemagne, elle remarqua la différence entre les villes libres et celles qui étaient soumises à des petits princes germaniques.

Dans les premières, on pouvait observer l'aisance que le

commerce y répandait, les maisons étaient bien bâties, les boutiques remplies de marchandises et surtout le peuple avait un air de parure et de gaieté. Dans les autres, on voyait « des gens qui voulaient avoir l'air parés, mais qui annonçaient l'indigence », comme elle l'inscrivit dans son journal, et où plus de la moitié des habitants demandaient l'aumône !

À Nuremberg, ce fut la superstition des catholiques qui l'étonna. En visitant la cathédrale Saint-Lorenz, on lui présenta un morceau de la Croix, serti de pierres précieuses, et la pointe d'un javelot qui aurait percé le flanc du Christ. Elle ne put s'empêcher de se moquer des prêtres qui avaient placé sur l'autel une statue représentant Jésus affublé d'une longue perruque poudrée de blanc à la mode du moment.

Le voyage sur le Danube en direction de Vienne lui parut un enchantement. Il faisait beau et la température était d'une douceur agréable. Heureuse que leur embarcation soit inaccessible aux brigands comme aux loups, elle chantonnait sur le pont en contemplant les vieux châteaux en ruines et les collines couvertes de vignobles qui défilaient sous ses yeux.

« Nous avons pris une de ces barques, écrivit-elle à sa sœur, qu'on a raison d'appeler des maisons en bois. On y trouve autant de commodités réunies que dans un petit palais ; il y a des cuisines et des poêles dans les chambres… Douze rameurs vous mènent à une vitesse incroyable. Dans le même jour vous avez le plaisir de voir se succéder divers aspects plus beaux les uns que les autres. On rencontre des villes très peuplées, ornées de palais magnifiques, ensuite des paysages vraiment romantiques où l'on se croit éloigné de tout commerce avec les humains. »

Si elle savourait ces moments agréables, elle prenait le temps de parler avec son fils pour lui éveiller l'esprit. À 3 ans, le petit Edward avait envie de courir partout, mais pas de l'écouter. Elle le trouvait différent des garçons de son âge et s'inquiétait qu'il soit aussi turbulent, mais elle se consolait en pensant que les enfants n'avaient jamais aimé les longs voyages.

Quand les Wortley arrivèrent à Vienne au début du mois de septembre, ils furent reçus avec tous les honneurs. Mary était émerveillée par la magnificence des appartements qui étaient dotés de belles pièces marquetées, de tapisseries de Bruxelles, de rideaux du plus beau damas ou de velours de Gênes brodés d'or.

Charles VI demanda à s'entretenir avec l'ambassadeur peu après leur arrivée. Il lui rapporta que la situation diplomatique avait changé après la victoire du prince Eugène qui, à la tête de l'armée impériale, avait écrasé le 5 août à Peterwardein une armée turque de près de deux fois sa taille.

L'empereur ne lui ayant pas caché que leur prochain objectif était de s'emparer de Belgrade, Wortley comprit qu'il devait initier au plus vite des pourparlers de paix pour éviter une reprise des hostilités avec les Autrichiens.

Mary, elle, s'était promis de noter tout ce qui l'intriguait en Autriche afin de compléter son journal. Elle était certaine que la vie de Cour où elle s'apprêtait à faire son entrée lui réservait bien des surprises.

CHAPITRE 3
À LA COUR DE VIENNE

À peine arrivée, elle avait demandé si elle avait reçu du courrier.

On lui remit des lettres sur un coussin doré. Elle apprécia d'y trouver celles de sa famille et deux d'Alexander Pope dont l'admiration semblait croître avec la distance.

Dans la première, il se disait désireux d'entretenir une correspondance avec une personne lui ayant appris qu'il était possible d'aimer au premier regard. Il l'assurait que, loin d'elle, il avait perdu le goût des livres et lui promettait que ses lettres seraient l'expression d'un cœur libre.

Dans la seconde, il se montrait plus émouvant encore en prétendant vivre dans l'anxiété de la perdre à cause des dangers du voyage. Puis il lui déclarait que s'il devait lui écrire chaque fois qu'il songeait à elle, ce serait à chaque moment de sa vie.

Flattée d'être encensée par ce grand poète, Lady Mary lui répondit avec la finesse d'une jeune femme bien élevée qui avait le sens de l'humour. Si elle le trouvait charmant, elle s'en méfiait en raison de son caractère imprévisible.

Toutes les dames de la Cour étaient impatientes de la rencontrer. On ne parlait que d'elle dans les conversations. On vantait son originalité, son érudition et sa beauté qui aurait survécu aux méfaits de la variole. On disait qu'à Londres elle égayait une Cour empesée et ennuyeuse. On lui prêtait l'abattage d'une princesse et un comportement audacieux car elle n'hésitait pas à dire ce qu'elle pensait. On s'interrogeait également sur son caractère. Était-elle simple ou assez prétentieuse pour prendre les Viennois de haut comme l'épouse d'un ambassadeur d'un pays puissant ? En un mot, elle intriguait.

Elle acceptait toutes les invitations « des personnes les plus qualifiées », comme elle le nota dans son carnet. Son époux et elle furent bientôt présentés à Eugène de Savoie, dont l'éducation et l'érudition la séduisirent.

Le prince, qui était né à Paris, s'était consacré très jeune à la carrière des armes malgré une constitution chétive. Louis XIV l'avait méprisé, aussi avait-il quitté la France à 20 ans pour se mettre au service de l'empereur d'Autriche auprès duquel il menait une glorieuse carrière militaire. Son courage au combat et ses brillantes victoires sur les Turcs, puis contre la France lors de la guerre de Succession d'Espagne, l'avaient rendu célèbre dans toute l'Europe.

Invitée à lui rendre visite, Mary se rendit au somptueux palais d'hiver qui lui servait de résidence officielle. Ce collectionneur averti avait rempli ses galeries de peintures de grands maîtres flamands et italiens et plus de quinze mille ouvrages constituaient un fonds accumulé depuis une vingtaine d'années dans sa vaste bibliothèque.

– Je pensais que mon père détenait de beaux livres, dit-elle au poète Jean-Baptiste Rousseau qui l'accompagnait. Mais je peux vous assurer que certains me paraissent encore plus beaux que les siens.

– Il est en effet incroyable, répliqua Rousseau, qu'un homme qui porte sur ses épaules la charge de presque toutes les affaires d'Europe puisse trouver du temps pour lire comme s'il n'avait rien d'autre à faire !

Alors que Mary observait les beaux livres reliés, ils furent bientôt rejoints par le comte de Bonneval, un général français proche d'Eugène.

– Je vois, Madame, dit-il en s'inclinant devant elle, que vous appréciez ces lieux ! Certains ouvrages sont d'ailleurs exceptionnels. Comme cet in-quarto sur l'art de la guerre que le prince aime consulter.

– Il me paraît beau, mais en quoi serait-il exceptionnel ?

– Il l'est parce qu'il est relié, Madame, en peau de janissaire.

La jeune femme faillit laisser échapper l'ouvrage, avant de comprendre qu'il s'agissait d'une plaisanterie.

Quand le prince vint les retrouver, leur conversation porta sur leurs lectures.

– Les livres ont beaucoup de qualités agréables à ceux qui savent les choisir… Quels sont vos ouvrages préférés ? demanda Mary.

– J'apprécie beaucoup de découvrir la vie des grands hommes, déclara Eugène en saisissant un livre. Vous avez là l'ouvrage de Quintus Curtius sur Alexandre le Grand que je lisais et relisais pendant mon enfance à Paris.

Mary rougit sous le coup de l'émotion. Elle pensa que c'était en lui adressant ce livre que Wortley lui avait déclaré son amour.

– Quand on se met à lire leur vie, poursuivit le prince, on les prend naturellement pour modèles.

– Je n'avais jamais envisagé cet aspect des choses, avoua Mary sans oser dévoiler ses souvenirs.

Elle fut également présentée à l'impératrice Élisabeth de Brunswick, connue pour être une jeune femme de caractère. Elle avait 25 ans. Aussi blonde que Mary était brune, elle était de deux ans sa cadette et avait une beauté naturelle sans excès d'artifice.

D'obédience protestante, elle avait longtemps refusé de se marier avec le catholique Charles VI et menaçait sa famille de se suicider au cas où on l'y obligerait. Ses convictions religieuses avaient pourtant fini par céder au charme de l'empereur et tous deux semblaient vivre dans la plus parfaite harmonie.

Mary fit d'elle un portrait fort bien tourné dans une de ses lettres à sa sœur :

« Je ne vous dirais pas que ses traits soient parfaitement réguliers. Elle n'a pas de très grands yeux, mais son regard est tout à la fois de douceur et de feu : elle a le plus joli teint que j'aie jamais vu ; elle a le nez et le front très bien faits ; sa bouche réunit mille agréments qui pénètrent jusqu'à l'âme ; quand elle sourit, c'est avec une grâce charmante qui la rend adorable; enfin elle a une grande quantité de cheveux de la plus jolie couleur... Tout ce que les poètes ont dit de la majesté de Junon et des attraits de Vénus ne la surpasse point. »

La mode viennoise semblait folle à Mary et contraire au sens commun. Néanmoins, tout ce qu'on lui présentait l'amusait et la changeait de la mode anglaise qui lui semblait parfois terne et dénuée de fantaisie. Lors des essayages des vêtements qu'elle devait porter pour sa présentation à l'impératrice, elle confia à Frances que « sa robe étroite surmontée d'une gorgerette fort incommode lui faisait ressortir le cou et la taille avec beaucoup d'avantage ».

Elle précisa qu'il lui faudrait marcher sans tomber avec un échafaudage de fanfreluches sur la tête comme elle n'en avait jamais porté à Londres. Ensuite, elle prit un soin particulier à coiffer ses cheveux qu'elle lissa derrière ses oreilles auxquelles elle attacha de fines girandoles en diamants.

Un grand lustre avait été allumé dans la vaste salle à manger où les boiseries reflétaient une lumière dorée. Le feu, qui crépitait dans la cheminée, rendait l'atmosphère agréable. Le service était accompli avec grâce par les filles d'honneur de l'impératrice. Heureuse et pleine de gaieté, Mary ne cachait pas sa fierté d'être si bien reçue par le couple impérial.

Elle appréciait les compliments qu'on lui portait autant que la magnificence de la table et l'excellence des vins qu'elle goûtait du bout des lèvres pour garder la tête froide, comme le lui avait conseillé son ami Congreve.

Après le repas, elles jouèrent aux cartes. Assise à côté d'Élisabeth, Mary attendait la venue de Charles VI qui devait lui présenter ses respects. Quand l'empereur entra, il fut aussitôt conquis par sa beauté éclatante. Il ne s'adressa qu'à elle et négligea les autres jeunes femmes, au point qu'elle en fut gênée.

Charmé par sa conversation, il demeura auprès d'elle plus longtemps que l'avait prévu le protocole.

CHAPITRE 4
LE TEMPS DES PLAISIRS

Ce jour-là, la dorure des feuilles commençait à peine à apparaître sur les arbustes du parc, mais le temps restait beau et la température agréable. Quand la rumeur courut à la Cour que Lady Mary était une personne gaie et pleine de charme, toute la haute société viennoise désira la rencontrer.

Même l'impératrice consort Amélie, veuve de l'empereur Joseph, frère de Charles VI, l'invita dans son palais aux environs de Vienne. Elle l'accueillit assise sur un trône sous les arbres, entourée de jeunes nobles ainsi que de jeunes archiduchesses, toutes soigneusement apprêtées et parées de diamants.

Alors que Mary s'étonnait de voir tout ce petit monde avec un petit fusil à la main, on lui annonça qu'une partie de tir avait été prévue pour animer cette agréable après-midi d'automne.

– Je suis gênée d'avoir à me mesurer à tous ces gentilshommes, dit-elle tout en se demandant comment elle devait se conduire.

– Ne vous inquiétez pas, Madame, répondit l'un d'entre eux fort bien mis de sa personne. Nous assistons au jeu mais seules les dames peuvent y participer.

– Vous m'en voyez ravie.

Le galant était grand avec des cheveux blonds bouclés et des yeux bleus pétillants de gaieté. Il devait avoir une vingtaine d'années.

– Venez avec moi, lui dit-il, pour observer les trophées qui sont présentés sur la grande table de marbre, des riches mouchoirs de Turquie et des rubans de dentelle. Si vous êtes adroite, vous pourriez gagner une tabatière en or, un Cupidon garni de diamants ou encore mieux cette belle bague en rubis.

Il lui expliqua le déroulement de la séance en lui montrant les trois dessins fixés sur des arbres qui servaient de cible. Sur le premier, il y avait un angelot qui remplissait un verre de vin, accompagné de ces mots : « Il est facile d'être courageux. » Sur le deuxième, Dame fortune présentait une guirlande de fleurs, « Pour celle à qui la chance sourit ». Enfin, sur le dernier, s'affichait un message de consolation : « Ici on accepte sa défaite. »

Le jeu semblait amusant à Mary qui redoutait cependant d'être maladroite et de paraître ridicule.

– Vous ne risquez rien, c'est toujours l'impératrice qui gagne ! lui murmura à l'oreille l'une des jeunes femmes.

On lui laissa alors l'honneur de tirer la première. Malheureusement sa main trembla. Elle manqua toutes les cibles et fut honteuse de ne pas avoir été à la hauteur de l'événement. Les participantes s'empressèrent de la consoler.

Elle les remercia par des mots d'esprit qui mirent les rieuses de son côté. On la trouva agréable et charmante. À la fin, comme prévu, la bague en rubis fut remise à l'impératrice Amélie.

Peu après, tout ce petit monde retourna au château sur la belle allée ombragée. Mary, qui était détendue, chantonnait comme une petite fille, amusée par les moments agréables qu'elle venait de vivre.

Alors qu'elle ne s'y attendait pas, l'une des dames de compagnie de l'impératrice vint lui remettre l'étui qui contenait la bague en rubis. Elle se mit à rougir et la plaça discrètement dans sa minaudière en attendant de procéder aux remerciements à l'heure du thé.

C'est alors que le jeune homme avec qui elle avait conversé revint vers elle en s'excusant de ne pas s'être présenté plus tôt.

– Je suis Frédéric, comte de Ratisbonne, lui dit-il. Combien de temps aurons-nous le plaisir de vous garder à Vienne ?

– Il n'est pas en mon pouvoir d'en décider. Cela dépendra de Sa Majesté le roi d'Angleterre.

– Fort bien, Madame. Qu'importe le temps de votre séjour, il faut le passer agréablement, sans doute vous engagerez-vous dans quelque petite affaire de cœur.

Mary feignit de ne pas comprendre. Frédéric se montra alors assez audacieux pour lui prendre la main.

– Monsieur, mon cœur ne s'engage pas si facilement, et je n'ai aucun projet de le partager avec personne ! répondit-elle en retirant sa main afin de ne pas se mettre dans l'embarras.

– Je vois, Madame, au ton sévère de votre réponse, que je ne dois point me livrer à l'espérance !

Mary baissa les yeux sans oser lui dire le fond de sa pensée. Le galant qui était sous son charme poursuivit, lui, son badinage :

– C'est une grande mortification pour un homme aussi amoureux que je le suis. Si je ne suis pas digne de vous entretenir moi-même, faites-moi la grâce de m'indiquer celui que vous préférerez parmi nous.

Gênée par cette soudaine intimité, Mary s'éloigna en pressant le pas. Le comte la rejoignit et lui reprit la main.

– Je serai, Madame, votre chevalier servant tant que vous serez à Vienne.

Son insistance la surprit.

– Nous serons amenés à repartir bientôt, dit-elle dans l'espoir de s'en défaire.

– Ne reviendrez-vous donc pas parmi nous ?

– Il ne m'appartient pas de décider de nos déplacements, fit-elle, plutôt amusée par la cour qu'il osait entreprendre.

La jeune femme qui avait mis du temps à se remettre du choc suscité par son mariage commençait à comprendre que les mœurs de son pays n'étaient pas la norme. Elle appréciait ces moments de détente où l'on n'était pas obligé d'être guindé ou de prendre de grands airs. Cette manière de converser n'était pas déplaisante. Allait-elle pour autant se livrer au marivaudage ?

Malheureusement, ces agréables moments furent de courte durée.

Peu de jours après, Wortley fut averti que le sultan Ahmet III était prêt à accepter la médiation de l'Angleterre entre son pays et l'Autriche.

Au début du mois de novembre, le pacha de Belgrade lui envoya un courrier lui enjoignant de hâter son arrivée en Turquie. Alors que les conditions lui paraissaient propices pour jouer son rôle de médiateur, l'approche de l'hiver entraînant une pause des opérations militaires, il reçut l'ordre de se rendre à Hanovre auprès de George Ier.

Le monarque était revenu dans son pays où il se reposait des difficultés de conduire une nation dont il ne comprenait pas la langue. Il ne se sentait bien que dans son duché où il passait le plus de temps possible. On disait d'ailleurs qu'il avait plus à cœur les intérêts de ses territoires allemands que ceux de l'Angleterre.

Ce contretemps contrariait les plans de Wortley qui souhaitait se rendre au plus tôt à Constantinople et ceux de Mary qui aurait aimé passer plus de temps avec ses amis viennois.

– Quelles sont les raisons qui vous obligent à rejoindre Hanovre ? demanda-t-elle à son époux.

– Je l'ignore, répondit-il. À moins de recevoir de nouvelles instructions, ma mission est toujours de négocier la paix entre l'empereur et les Ottomans.

CHAPITRE 5
VISITE AU ROI À HANOVRE

Même si elle trouvait parfois ridicules les exigences pointilleuses et strictes de l'étiquette, Mary se plaisait à Vienne. Elle exprima ce qu'elle ressentait à son amie Lady Rich en lui révélant que les femmes y étaient plutôt considérées par le rang de leur amant que par celui de leur époux.

On disait qu'un mari autrichien regardait le galant de sa femme comme un représentant zélé qui voulait bien se charger de la plus pénible partie de ses fonctions ! Son amie lui avait répondu quelques mois plus tard en s'étonnant qu'elle n'ait rien fait depuis son arrivée pour nouer une intrigue.

Mary, qui désirait éviter le déplacement à Hanovre, fit valoir à son mari qu'il était imprudent de voyager avec leur enfant à cette époque de l'année.

– Pour quelles raisons ? demanda-t-il, surpris.

– Je tiens du prince Eugène qu'il faut emprunter des routes périlleuses et franchir d'affreux précipices pour traverser la montagne qui sépare la Bohème de la Saxe. Ne serait-il pas préférable que nous attendions votre retour ici ?

Wortley, qui n'y tenait pas, prit un air pincé.

– Pendant mon Grand Tour en Europe, dit-il froidement, j'ai traversé toutes sortes de pays réputés pour leurs dangers. Je suis encore là pour vous dire que l'on en exagère beaucoup les risques.

Ses propos agacèrent son épouse qui s'enroula dans sa fourrure sans lui répondre. Elle comprit qu'il ne désirait pas voyager seul. Sans doute redoutait-il de la laisser à Vienne où les soupirants se montraient empressés. Il la savait entourée d'une petite société à son goût, constituée de personnes sur lesquelles elle régnait, et avait du mal à cacher sa jalousie. Plus elle s'éloignait de Londres, plus Mary s'affranchissait des contraintes de son milieu.

Wortley finit par trouver l'argument décisif pour l'emmener avec lui.

– N'oubliez pas, ma chère, que Sa Majesté vous apprécie. Elle vous attend avec impatience et ce ne serait point convenable de la décevoir.

Ces mots eurent raison de ses réticences et la famille quitta Vienne pour se rendre à Hanovre à la mi-novembre.

À l'époque, les déplacements n'étaient pas des aventures divertissantes. Ils étaient toujours fastidieux, épuisants et surtout dangereux. Le voyage en Bohême fut loin d'être une partie de plaisir pour une jeune femme accompagnée d'un enfant. Il leur fallut remonter vers le nord en empruntant de mauvaises routes, aux prises avec un hiver précoce et glacial. Elle ne relâchait pas son attention. Malgré la fatigue, elle veillait sur son fils avec soin, parfois même sans dormir.

Pour garder le lien avec ses amies, elle leur rapportait les péripéties de son trajet. Elle leur raconta qu'à Prague, ils avaient été obligés de dormir dans une auberge où la cohabitation avec d'autres voyageurs lui avait été si insupportable qu'elle avait préféré marcher dehors une partie de la nuit, emmitouflée dans ses fourrures, « plutôt que de se coucher dans une de ces pièces communes chauffées par un poêle, où il règne en général toutes sortes de mauvaises odeurs ».

Elle décrivit également avec humour l'extravagance des Praguoises. « Leur personne est tellement perdue entre leur coiffure et leurs paniers qu'elles seraient bien avisées d'écrire sur leur dos : "Ceci est une femme", à l'instar de ce peintre d'enseignes qui avait écrit au bas de la sienne : "Ceci est un ours !" »

Quand la famille se retrouva à l'entrée des gorges de l'Elbe, Lady Mary fut effrayée. L'environnement était cauchemardesque. Elle ne pouvait pas dire qu'elle avait peur de s'y noyer, car elle était persuadée qu'ils seraient morts avant d'atteindre le fleuve. Les ravins escarpés qui bordaient le chemin, où les attelages ne pouvaient même pas se croiser, la terrorisaient. Elle redoutait surtout d'avoir à emprunter la route de Dresde à Leipzig qu'on disait particulièrement dangereuse. Recroquevillée au fond de leur voiture, elle en voulait à son époux de l'avoir entraînée avec son fils dans une telle aventure.

Au moment de faire reposer les chevaux, elle demanda au postillon de lui déplier le marchepied pour se détendre en accomplissant quelques pas. Quand elle s'approcha de la barrière en bois qui bordait la route, elle frissonna en entendant le torrent qui grondait en contrebas.

– Y a-t-il souvent des accidents ? demanda-t-elle d'une voix inquiète.

– S'il n'y avait pas de brume, vous apercevriez les ossements des voyageurs qui sont morts sur les rochers.

Anxieuse, elle retourna vers la voiture pour réveiller son mari.

– Edward, dit-elle en le secouant, venez voir ce qui nous attend avant que la nuit ne tombe.

Son époux s'étira en grognant.

– Dois-je vous redire que j'ai franchi les Alpes cinq fois par des routes comme celles-ci ? Vos craintes ne sont pas de mise. Il vous faut garder votre sang-froid !

– Voyons, mon ami ! Il est impossible de nous aventurer à une heure si tardive au bord de ces précipices avec notre enfant !

Wortley répliqua sans même ouvrir les yeux :

– Ne craignez rien, le cocher connaît la région. Cette nuit, la lune devrait être pleine et la route bien éclairée.

Dieu qu'il l'agaçait ! Mary étala sa jupe pour s'asseoir sur un rocher. Quand elle pensait au charme de celui qu'elle avait connu et pour qui elle s'était battue contre toute sa famille, elle se demandait comment elle avait pu être séduite par un être aussi désagréable.

Son époux finit par sortir de la voiture. Quand il s'approcha d'elle, visiblement de mauvaise humeur, elle lui tint tête.

– Je ne bougerai pas d'ici tant que la lune n'éclairera pas notre chemin !

– Comme il vous plaira ! Nous continuerons seuls, votre fils et moi.

Craignant qu'il ne mette sa menace à exécution, elle remonta dans la voiture en regrettant de ne pas avoir plus profité du bon temps à Vienne. Son époux donna alors ordre au cocher de repartir, puis il s'enfonça dans son siège pour se rendormir aussitôt. Après de longues heures, sans rafraîchissement ni repos, la jeune femme, qui était consciente du danger, lutta contre le sommeil malgré sa fatigue.

Elle n'était pas au bout de ses surprises. Alors qu'elle passait la tête par la fenêtre un peu plus tard, elle hurla en voyant le cocher somnoler tandis que les chevaux galopaient sur l'étroit chemin. Loin d'adoucir le paysage, le clair de lune ajoutait à l'anxiété en soulignant les formes menaçantes des roches noires et des pitons de grès qui se dressaient au-dessus d'une mer d'arbres. Elle était terrorisée. Elle redoutait le pire. La scène lui rappelait les contes sinistres que leur gouvernante Martha leur racontait pour leur faire peur.

Quand ils arrivèrent à Hanovre sains et saufs, mais épuisés, les Wortley furent reçus avec tous les honneurs. Ils retrouvèrent de nombreux amis anglais qui fréquentaient la cour du roi et apprécièrent les spectacles distrayants donnés par une compagnie de comédiens français.

Le roi George fut enchanté de revoir Mary et de profiter de son humeur joyeuse. Il se montra fort empressé auprès d'elle. Son époux, qui n'avait jamais eu d'ambition particulière à briller dans le monde où il s'ennuyait et ennuyait souvent les autres, en était passablement agacé. Peu de jours après, il fut reçu par Sa Majesté au palais de Leine. En sortant de son audience, il croisa James Stanhope, un des chefs whigs au Parlement.

– Monsieur l'ambassadeur ! s'écria Stanhope en feignant la surprise, votre entretien avec Sa Majesté s'est-il bien passé ?

– Le roi m'a renouvelé sa confiance. Mais, mes instructions n'ayant pas changé, je suis surpris que l'on m'ait fait venir jusqu'ici !

– Comme vous le savez, le Hanovre, allié au Danemark et à la Russie du tsar Pierre Ier, est en conflit avec la Suède, mais le roi se méfie des Russes qu'il soupçonne d'avoir des visées sur ses territoires.

– Mais en quoi cela concernerait-il ma mission ? répliqua Wortley étonné.

– Vous ne pouvez pas ignorer que les jacobites, commandés par votre beau-frère, le comte de Mar, intriguent pour instaurer une paix entre la Suède et la Russie afin de les unir contre l'Angleterre. Le roi a donc toutes les raisons de souhaiter voir les Turcs faire la paix avec l'Autriche dans l'espoir qu'ils attaquent les Russes, leur ennemi héréditaire, et les détournent ainsi de leurs ambitions sur le Hanovre.

Stanhope insista lourdement :

– Vous comprenez ainsi l'importance que Sa Majesté attache à votre mission, tant pour les intérêts de l'Angleterre que pour ceux du Hanovre qui lui sont si chers.

CHAPITRE 6
LE SIGISBÉE

En raison des menaces de guerre avec les Turcs, les mascarades avaient été interdites à Vienne pour éviter que des espions puissent se cacher derrière les masques. Il y avait toutes sortes de fêtes dans la ville.

Mary, qui était enfin de retour, avait décidé d'oublier un déplacement aussi éprouvant qu'inutile en profitant du carnaval. Elle appréciait d'être sans son mari qui ne cessait de maugréer sur sa conduite et supportait mal qu'elle puisse jouir de sa liberté.

Gaie et primesautière comme elle n'avait jamais osé l'être à Londres, elle choisit l'une de ses robes blanches qui mettait en valeur son beau regard. Puis elle se parfuma d'ambre.

Elle trouva que les salles étaient magnifiquement décorées, mais envahies par une musique de cors de chasse qui lui fit regretter celle de Haendel à laquelle elle était très attachée. Alors qu'elle faisait, sous bonne escorte, le tour des spectacles avec des jeunes femmes de la Cour, elle eut l'impression d'être suivie.

Elle craignait que son époux la fasse surveiller. Une fois assurée que personne ne lui rapporterait ses faits et gestes, elle décida de profiter de moments libres et heureux comme elle n'en avait jamais connu. Aussi se laissa-t-elle entraîner par ses amies dans une grande salle où se tenait un orchestre.

Les couples étaient disposés en colonnes. Une rangée d'hommes faisait face à une rangée de femmes. Les premiers dansaient la première reprise de la figure et terminaient en deuxième place. La danse était achevée lorsque le premier couple avait regagné sa place. Les bals s'achevaient sur des contredanses anglaises, comme celles qu'elle avait connues lors de sa rencontre avec son mari à Wortley Hall.

Mary virevoltait comme si elle avait 18 ans. Jusqu'au moment où elle fut surprise de se retrouver face au comte de Ratisbonne dont la cour ne semblait pas lui déplaire.

– Comment m'avez-vous retrouvée ? lui demanda-t-elle.

– Quand j'ai appris que monsieur Wortley était revenu à Vienne, j'en ai déduit que vous pourriez participer à nos festivités.

– Vous avez vu juste ! répliqua-t-elle sur un ton moqueur

La danse les éloigna, puis les rapprocha à nouveau. Ratisbonne la prit alors par le bras pour l'attirer à l'écart.

– Vous souvenez-vous de mon invitation ?

– Je ne vois pas de quoi vous voulez parler, fit-elle, un brin moqueuse.

– Étant aristocrate comme vous, j'espérais que vous m'accepteriez comme votre chevalier servant, votre sigisbée.

– Mon sigisbée ? Qu'entendez-vous par là ?

– C'est ainsi qu'on appelle, en Italie, le compagnon déclaré d'une dame mariée. C'est une coutume que nous avons adoptée.

– Et que fait donc un sigisbée ? demanda-t-elle en craignant qu'il ne se moque d'elle.

– Il se dévoue à une dame mariée. Il prend soin de son éventail, de ses gants et, si elle est au jeu, lui parle à l'oreille. Quand elle sort, il marche à côté de sa chaise et consacre tout son temps et parfois son argent à son service. Quand il lui plaît, la dame le récompense par des faveurs de son choix…

– Cette coutume me semble vraiment extravagante ! s'exclama Mary qui pensait avoir affaire à l'un de ces débauchés qu'elle avait croisés à Londres.

– Cette pratique est pourtant fort prisée chez nous. Si vous m'acceptiez comme votre sigisbée, je pourrais vous accompagner dans les cafés à l'heure du chocolat. Nous irions ensemble à la promenade ou au théâtre. Et je vous suivrais dans les salons que vous fréquentez…

Mary feignit d'être choquée.

– Pensez-vous que monsieur Wortley pourrait apprécier vos services ?

– Voyons, Madame, je dois vous dire que mes services n'impliquent pas le libertinage ! Le mari n'a pas l'impudence de supposer d'autres liens que le plus platonique des amours !

Ratisbonne tint néanmoins à lui préciser :

– Naturellement, cela n'empêcherait pas une relation d'amour si elle était consentie.

Après un court silence, Mary lui demanda comment on choisissait son sigisbée.

– C'est un rôle qui revient en principe au mari, dont c'est souvent l'ami, mais si la dame le souhaite, elle s'arrange pour en choisir un plus à son goût !

– Je crains fort que monsieur Wortley n'apprécie pas cet usage, fit elle en palissant. Comme vous le savez, nous devons bientôt repartir pour nous rendre en Turquie, conclut-elle pour éviter les ennuis.

Avant de quitter Vienne, Mary fut reçue en audience de congé par l'impératrice. Elle revit l'empereur et son épouse qui étaient accompagnés de leurs nains, ces êtres qu'elle trouva horribles, laids comme des diables. Elle s'étonna qu'ils recherchent la compagnie de ces myrmidons, dont on disait qu'ils étaient les seuls à avoir le droit de se moquer impunément de Leurs Majestés.

Mary poussa un cri quand une naine se jeta dans ses bras pour lui caresser les joues et lui lisser les cheveux. Elle fut assez avisée pour transformer son dégoût en sourire. Aussi fut-elle longuement applaudie.

C'est avec regret qu'elle quittait une cour où elle avait été si bien accueillie. Alors qu'elle s'apprêtait à monter dans sa voiture pour quitter le palais, elle aperçut Ratisbonne qui accourait vers elle.

– Votre départ va me briser le cœur, murmura-t-il en lui baisant longuement la main.

CHAPITRE 7
LE CHAMP DE BATAILLE DE PETERWARDEIN

Edward Wortley avait enfin reçu son passeport et se réjouissait de pouvoir quitter Vienne. Sa rencontre avec Stanhope à Hanovre lui avait fait réaliser l'importance que le roi attachait personnellement à sa mission, aussi désirait-il rejoindre son poste au plus vite. Il appréciait surtout de ne plus avoir à entendre les compliments sur l'esprit et la beauté de son épouse.

Mary redoutait d'avoir à accomplir le voyage jusqu'à Belgrade en traversant les plaines de Hongrie en plein hiver. Elle craignait que ses fourrures ne suffisent pas à protéger son fils du froid, qu'ils soient ensevelis sous la neige en cas de tempête ou enlevés par des bandits qui, disait-on, ravageaient une partie du pays.

Le prince Eugène lui conseilla d'attendre le dégel du Danube et de prendre un bateau pour rejoindre Belgrade. Mais son époux ne voulut rien entendre.

– Le prince connaît la région, insista-t-elle, puisqu'il l'a traversée avec son armée pour combattre les Turcs. Il paraît qu'il y règne un froid glacial. Les champs sont couverts de neige et les maisons que nous allons trouver en chemin ne seront pas chauffées.

Wortley haussa les épaules.

– Beaucoup de voyageurs y périssent chaque hiver, reprit-elle, aussi devons-nous épargner des dangers inutiles à notre petit garçon.

La remarque agaça son époux.

– Vous savez bien que je dois obéir au roi George qui m'a demandé de prêter la plus grande attention dans l'exécution de ma mission. Nous avons déjà pris beaucoup de retard et ce n'est pas au prince Eugène de me dicter ma conduite. Je vous prie de me laisser à mes affaires.

Les Wortley quittèrent Vienne à la fin du mois de janvier 1717 avec une imposante escorte de mousquetaires et de hussards. Comme la neige était tombée en abondance, les chariots de leurs bagages et les voitures avaient été fixés sur des traîneaux.

Le déploiement de son cortège dans la plaine fit éprouver à l'ambassadeur un sentiment d'importance. Sa mission le remplissait de fierté et il comptait bien obtenir un poste à la hauteur de ses mérites à son retour à Londres. Depuis qu'il avait la confiance du roi d'Angleterre et de l'empereur d'Autriche, cet être plutôt réservé semblait se prendre pour Alexandre le Grand partant à la conquête d'un empire.

Mary, elle, jugeait féerique de glisser sur le tapis immaculé qui couvrait le sol à perte de vue. Elle serrait son fils dans ses fourrures pour lui tenir chaud et le protéger d'une éventuelle attaque dans ce désert blanc qui s'étendait devant eux sans la moindre présence humaine.

Ses craintes s'évanouirent d'autant plus vite qu'ils bénéficièrent d'un temps ensoleillé et qu'aucun danger ne vint les menacer. Ils ne faisaient que de brefs arrêts dans les villages où ils furent surpris d'être reçus par des hommes vêtus de peau de mouton des pieds à la tête, comme des êtres préhistoriques.

La générosité des habitants qui les hébergeaient avait ému Wortley qui s'était montré charitable et avait tenu, contrairement à la coutume, à ce qu'on paye à ces pauvres paysans la valeur de ce qu'ils avaient consommé.

Le 1er février, ils arrivèrent à Buda, qui avait été dévastée par la guerre entre Turcs et Autrichiens. Ils franchirent le Danube en passant sur la glace avec équipage et voitures et en redoutant qu'elle ne cède.

Après avoir traversé d'impénétrables forêts peuplées de meutes de loups, ils arrivèrent sans encombre le 5 février à Peterwardein, le dernier avant-poste impérial où ils furent reçus par le gouverneur de la forteresse.

Ils s'y arrêtèrent le temps nécessaire pour permettre à l'ambassadeur d'envoyer un courrier au pacha de Belgrade pour l'avertir de leur arrivée prochaine.

Malgré les intempéries et les haltes inconfortables, Mary tenait son journal pour compléter ses lettres à sa sœur et à ses amis, en cherchant toujours à les divertir ou les surprendre. Sa plume alerte plaisait à ses correspondants qui attendaient ses écrits avec impatience.

Elle égrenait le nom des villes traversées qui avaient droit chacune à un petit commentaire sur son histoire ou sur l'accueil qu'ils avaient reçu de ses habitants. Elle était heureuse de découvrir d'autres pays et d'autres mœurs, vantant la beauté et l'élégance des Hongroises ou rapportant des faits historiques comme la victoire de Soliman le Magnifique sur le roi de Hongrie à Mohács.

Mais ce qui l'impressionna le plus, ce fut de découvrir le champ de bataille de Peterwardein, où, à la tête d'une armée de quatre-vingt mille hommes, le prince Eugène avait infligé, quelques mois plus tôt, une cinglante défaite aux Turcs, pourtant largement supérieurs en nombre. Le grand vizir avait été tué et sa cavalerie s'était repliée en déroute sur Belgrade.

Un officier anglais lui avait raconté qu'il n'y avait eu qu'une vingtaine de prisonniers parce que les hommes du prince, assoiffés de sang, avaient massacré près de trente mille janissaires.

Mary, que le nombre de morts avait impressionnée, fit une description magnifique du champ de bataille à son ami Alexandre Pope.

« On y voit encore les marques de cette journée si glorieuse, mais si sanglante. La plaine est couverte de crânes et d'ossements d'hommes, de chevaux et de chameaux qu'on n'a point enterrés. Je n'ai pu voir sans une certaine horreur une telle quantité d'hommes sacrifiés, et j'ai gémi sur les cruautés de la guerre qui non seulement légitime le meurtre, mais en fait même un titre de gloire. Il me semble qu'il n'y a point de plus grande preuve de la folie du genre humain malgré toutes les prétentions que nous avons. »

Elle s'accordait avec le philosophe Hobbes. L'homme était bien un loup pour l'homme et l'état de nature, un état de guerre. Le courrier envoyé par Wortley revint bientôt avec la réponse du pacha qui lui demandait de se rendre toutes affaires cessantes à Beska, un petit village au bord du Danube. Là, il serait reçu officiellement par une escorte turque qui les conduirait à Belgrade, toujours sous domination turque.

Mary quittait un monde connu. Les pays qu'ils avaient traversés depuis leur départ d'Angleterre étaient certes différents, mais, au-delà de leurs langues et de leurs particularités, ils partageaient des valeurs communes, celles de la civilisation chrétienne. À Beska, ils arrivaient dans un monde nouveau, ce qui lui paraissait aussi inquiétant qu'exaltant.

CHAPITRE 8
L'EFFENDI DE BELGRADE

Une compagnie de janissaires escorta les Wortley jusqu'à Belgrade où ils arrivèrent à la mi-février. Ils avaient perdu beaucoup de temps parce que la neige avait rendu la montagne difficile à franchir.

Située au confluent de la Save et du Danube, la ville était gouvernée par une soldatesque insolente qui avait tué à coups de cimeterre l'ancien pacha dont les incursions en Allemagne l'avaient fait soupçonner d'intelligence avec l'ennemi.

Alors que l'ambassadeur refusait de s'attarder dans cette ville inhospitalière et espérait reprendre la route au plus vite, le nouveau pacha l'empêcha de repartir parce qu'il n'avait pas reçu d'ordre du sultan qui se trouvait à Andrinople.

Le contretemps mit Wortley en colère, mais il fut obligé d'obéir.

Mary embrassait son fils qu'elle tenait dans ses bras, soulagée d'être arrivée à destination et de disposer enfin de quelques jours de repos. Elle fut heureuse d'apprendre qu'ils allaient être reçus dans le palais de l'effendi Ahmet bey.

D'après ce qu'elle avait entendu dire, les effendis étaient des personnages importants dans l'empire où tous les emplois lucratifs et les revenus ecclésiastiques étaient entre leurs mains. Leur hôte était le fils d'un grand pacha. C'était un lettré qui avait reçu une éducation raffinée et parlait l'arabe aussi bien que le persan. Il faisait partie de la haute société et à ce titre, il pouvait accueillir des ambassadeurs sous son toit. On disait qu'il aurait pu bénéficier d'une brillante carrière, mais qu'il avait préféré une vie libre et studieuse aux dangereux honneurs de la cour ottomane.

Tandis que son époux vaquait à ses affaires, des gardes accompagnèrent Mary et son fils vers un appartement du palais avec la suite qui serait à leur service.

Après avoir enlevé ses vêtements de voyage et peigné ses longs cheveux, la jeune femme revêtit une robe de velours bleu nuit sans autre fioriture qu'une fine chaîne d'or pour honorer son hôte. Puis elle l'attendit dans sa bibliothèque.

Malgré le froid que de grands poêles en céramique atténuaient à peine, elle se sentait bien derrière les hautes fenêtres aux jalousies baissées. Les boiseries de la pièce étaient cloutées d'argent et tapissées d'ouvrages anciens gravés qui lui rappelèrent la bibliothèque de Thoresby.

Elle regrettait seulement de ne pas savoir déchiffrer les caractères arabes qu'elle aurait aimé pouvoir lire et comprendre.

Mary attendait son hôte avec une certaine impatience. L'idée de rencontrer ce haut personnage l'intriguait et elle se demandait s'ils pourraient rester seuls sans que cela soit mal interprété.

Quand l'effendi se présenta, accompagné d'un interprète, elle fut séduite au premier regard. « Quelle noblesse dans son maintien, quelle sérénité dans ses traits », pensa-t-elle alors qu'il la saluait en prononçant des paroles de bienvenue d'une voix douce et chaleureuse.

Ahmet devait avoir une trentaine d'années. C'était un homme grand et mince, d'une certaine élégance. Il était vêtu d'un caftan de soie doublé de martre zibeline qu'il portait sur un ample pantalon de couleur amarante. Un turban entouré d'une mousseline blanche nouée sur le côté lui donnait une certaine prestance.

Le trouvant attirant avec son visage encadré d'un collier de barbe finement taillée, elle apprécia qu'il ait les mains fines, ce qui était pour elle un signe de noblesse.

– Madame, dit-il en l'invitant à s'approcher du brasero pour se réchauffer les mains, je suis flatté de vous recevoir. Votre présence éclaire cette demeure. C'est pour moi un privilège de m'entretenir avec vous dans ce lieu où je passe le meilleur de mon temps.

L'usage des chaises et celui de converser debout étant inconnu chez les Turcs, Ahmet l'invita à prendre place à ses côtés sur un sofa. Alors qu'ils essayaient de se parler, ils furent interrompus par l'arrivée de Wortley. Il fit comprendre à sa femme qu'il était en mission et qu'elle devait les laisser seuls. Mary fut obligée de se retirer à regret pour s'occuper de son fils. Le feu s'éteignit alors qu'elle sombrait lentement dans le sommeil aux côtés du petit Edward.

Les jours suivants, Mary et l'effendi profitèrent de l'absence de Wortley, retenu par ses affaires, pour se retrouver chaque matin dans la bibliothèque. Au début, elle s'était sentie mal à l'aise à ses côtés, mais peu à peu, grâce à la simplicité de ses manières, elle avait deviné que ce lettré, détaché des affaires politiques, pourrait lui faciliter la compréhension d'une culture subtile si éloignée de la sienne. Ayant découvert qu'ils parlaient tous deux l'italien, ils se dispensèrent rapidement de l'interprète.

Leurs premiers entretiens portèrent sur la religion. À la façon dont Ahmet lui parla de l'islam, elle comprit que, comme certains Turcs cultivés, il croyait en un Dieu pour tous, au-dessus des dogmes, et privilégiait la raison sur la foi.

Pour lui, les superstitions et les révélations divines ne servaient qu'à convaincre les ignorants, alors qu'on ne trouvait dans le Coran que des préceptes moraux. Cet aperçu sur la religion ne pouvait que la séduire. Elle était, comme tous les whigs, opposée à toute autorité sacrée et avait suivi avec intérêt les débats suscités en Angleterre par les écrits de penseurs déistes affirmant que la raison était la mesure fondamentale en matière de religion.

Si elle était trop délicate pour comparer les croyances des chrétiens avec celles des musulmans, elle s'attacha à faire ressortir la différence entre les anglicans et les catholiques, qui vénéraient des images de la Vierge.

– Nous avons, nous aussi, nos différences, remarqua Ahmet en souriant. Le Prophète a dit « Ma communauté se divisera en soixante-treize groupes et tous iront en enfer sauf un : c'est le groupe de ceux qui auront suivi cette voie qui est la mienne et celle de mes compagnons. »

– Si je comprends bien, il y aurait donc autant de sectes chez vous que chez nous !

Ahmet acquiesça d'un signe de tête.

– Cela viendrait de ce que les premiers disciples du Christ, comme ceux de Mahomet, se sont divisés sur l'interprétation à donner à leur parole. Depuis, leurs partisans sont devenus des ennemis féroces. En réalité, la grande séparation du monde musulman est entre les sunnites et les chiites.

– Les Turcs ne seraient-ils donc pas tous sunnites ?

– La majorité d'entre eux le sont, mais il y a aussi une sorte de chiisme turc, le bektachisme, une confrérie proche du soufisme qui est très répandue dans cette région des Balkans.

– Je croyais, s'étonna Mary après un court silence, que le Coran interdisait le vin, pourtant j'ai remarqué que vous en buviez volontiers avec nous !

– Pour les bektachis, rien n'est figé. Dieu est présent en toutes choses et on peut s'affranchir des obligations rituelles. Il y a beaucoup de liberté, de fraternité et de gaieté dans cette confrérie. De nombreux janissaires en font partie et l'échange des coupes est un vieux rite d'amitié. Ignorez-vous que tout ce que Dieu a créé est bon et destiné à l'usage de l'homme ? fit Ahmet avec un petit sourire.

Mary ne sut que répondre.

– … Dans le Coran, reprit-il, les élus boiront du vin au paradis… C'est l'ivresse qui est condamnable. Cette défense de boire est faite en réalité pour le peuple qui souvent en abuse.

Mary se sentait bien aux côtés de cet homme simple et raffiné. Elle savourait les moments délicieux qu'ils passaient ensemble. Au fil des jours, ils s'aperçurent que ce qui les rapprochait était leur refus des superstitions et des préjugés.

Le soir, Ahmet prenait ses repas avec les Wortley. La plupart du temps, Edward restait silencieux. S'il essayait de se montrer naturel et détendu, il supportait mal la complicité de son épouse avec leur hôte. Quand il lui demanda pourquoi elle avait toujours le désir de séduire, elle le remit à sa place :

– Mon ami, lui dit-elle, occupez-vous de mener à bien votre mission. Et laissez-moi, je vous prie, profiter d'un monde que je découvre et qui me plaît.

Les échanges avec l'effendi avaient enchanté Mary. Elle manifesta son enthousiasme à son ami Pope, en lui écrivant qu'elle conversait plus librement avec cet étranger qu'avec certains Anglais de ses connaissances.

De plus, elle lui rapporta que, contrairement à ce qu'on croyait, les femmes ne pouvaient pas être exclues du paradis en cas de mauvaise conduite, car Mahomet était trop galant homme pour traiter le beau sexe de manière si désagréable !

CHAPITRE 9
LE DÉPART DE BELGRADE

Cela faisait maintenant plus de deux semaines qu'ils demeuraient à Belgrade. Wortley s'impatientait et redoutait que ce retard dont il ignorait les causes ne perturbe sa mission.

Dans la bibliothèque où Mary et Ahmet poursuivaient leurs entretiens, le grand poêle chauffait sans empêcher les fenêtres d'être givrées même à l'intérieur. La jeune femme, qui était frileuse, ne semblait pas en souffrir tant elle se trouvait bien à découvrir un Orient si différent de l'image qu'on en donnait à Londres ou à Vienne.

Ahmet lui récitait des poèmes arabes dont elle aimait la musicalité et la beauté des vers même sans les comprendre. Il s'étonnait qu'elle puisse connaître des contes persans comme *La Tisserande des Nuits.*

Il la complimenta en lui disant que sa modestie devait cacher une grande érudition.

Mary lui répondit simplement :

– Les contes des *Mille et Une Nuits* ont été traduits par Antoine Galland, un érudit français qui a vécu en Turquie. Ils m'ont amusée et préparée à aborder la vie orientale.

Un jour qu'elle évoquait la réclusion des femmes turques, son hôte la mit en garde contre les rumeurs colportées par certains voyageurs.

– Contrairement à ce que vous croyez, elles bénéficient d'une grande liberté… à condition de ne point sortir sans voile !

– Mais, comment peut-on être libre en ayant l'obligation d'être couverte de la tête aux pieds, le visage caché hormis les yeux ? s'étonna-t-elle.

– Quand nos femmes nous trompent, répondit Ahmet en esquissant un sourire, elles ont l'avantage de ne pas être reconnues dans la rue et qu'ainsi personne n'en sache rien !

Cette vision paradoxale intrigua Mary. Elle baissa les yeux en se demandant s'il parlait sérieusement, elle n'osa pas pousser plus loin sa curiosité sur un sujet aussi délicat.

Lorsque Mary serait à Andrinople, elle mènerait une enquête sur les femmes orientales et sur les fantasmes qu'on entretenait en Occident, sur la licence sensuelle du sérail, les odalisques, le harem, les bains, tous ces lieux interdits aux hommes, alors qu'en Angleterre les femmes n'avaient aucun droit et aucun lieu pour préserver leur intimité.

Lorsqu'elle était avec Ahmet, Mary ne voyait pas le temps passer. Il lui semblait qu'au fil de leurs échanges, ils se comprenaient mieux et devenaient plus proches l'un de l'autre. Elle se réjouissait que son mari n'ait pas encore obtenu la permission de reprendre la route et qu'ils puissent continuer à savourer des moments si précieux.

Un matin, alors qu'ils étaient seuls dans la bibliothèque,

Ahmet lui fit comprendre qu'il avait rencontré beaucoup de jeunes femmes, mais aucune de sa qualité. Émue et fière de ce compliment, Mary retint ses larmes en songeant qu'ils devraient se quitter bientôt.

– Si vous restiez plus longtemps à Belgrade, lui dit-il, je vous aurais enseigné des rudiments de l'arabe. Je suis persuadé que vous prendriez plaisir à lire le Coran. Je sais que les prêtres grecs en ont donné des versions falsifiées, alors qu'on y trouve la morale la plus pure et le style le plus noble.

– J'étais et je suis bien décidée à essayer d'apprendre le turc dès mon arrivée à Andrinople pour pouvoir converser dans cette langue et mieux comprendre les coutumes du pays, lui assura Mary.

Ils restèrent un moment silencieux, puis elle lui demanda s'il ne craignait pas qu'on lui reproche de converser en tête à tête avec une étrangère.

– Il n'y a aucune distinction entre homme et femme, la lacune est dans les opinions, répondit Ahmet d'un air grave.

Au cours de leurs entretiens, Mary en avait plus appris sur la religion et les mœurs des Turcs qu'aucun autre chrétien avant elle. Elle lui était reconnaissante d'avoir été le premier à lui donner une vision méconnue, mais ouverte et tolérante de l'islam. Si la vérité n'est jamais atteinte sans l'aide d'un maître, Ahmet avait été son initiateur, comme elle l'avait reconnu dans une lettre qu'elle avait adressée à l'abbé Conti, quelques jours plus tôt.

Elle semblait avoir des relations privilégiées avec chacun de ses amis, en fonction de leur personnalité et de leurs intérêts. Ainsi elle montrait l'étendue de sa curiosité et la qualité de sa culture. Ses rares ennemis disaient qu'elle se mettait en scène pour prendre les Anglais à témoin de sa propre splendeur dans la splendeur ottomane.

Ces heureux moments prirent fin, quelques jours plus tard, lorsque le pacha remit à l'ambassadeur les documents nécessaires pour quitter Belgrade. Au moment où l'on installait leur bagage sur les voitures, Ahmet remit à Mary un présent enrobé dans une poche de soie. Quand elle l'ouvrit plus tard, elle découvrit une miniature avec un soleil d'or qu'il avait peinte pour elle, comme un symbole d'ouverture, un lien avec un être cher. Elle eut du mal à cacher son émotion et sa tristesse à s'éloigner de lui.

CHAPITRE 10
LES BAINS DE SOFIA

Après avoir passé trois semaines à Belgrade, les Wortley continuèrent leur route vers Andrinople où le Grand Seigneur, Ahmet III, avait sa cour. Ils auraient préféré descendre le Danube en bateau, plutôt que de dormir dans de misérables demeures le long de la route, mais le pacha le leur avait refusé.

Protégé par leurs janissaires et accompagné de vingt chariots de bagages, le couple voyageait séparément car l'ambassadeur, qui n'avait pas renoncé à ses habitudes, aimait toujours travailler seul dans sa voiture pour préparer sa mission.

De temps à autre, il se demandait si les succès de son épouse à la cour du roi et à celle de Vienne ne lui avaient pas tourné la tête. Elle se confiait moins à lui et restait souvent évasive lorsqu'il l'interrogeait sur ses conversations avec l'effendi.

En réalité, Mary réservait ses confidences à sa sœur. Elle lui avait écrit qu'avant sa rencontre avec Ahmet, elle n'avait jamais éprouvé autant de plaisir à converser avec une personne. Si elle n'était pas du genre à se tourner sans cesse vers le passé, elle songeait à lui avec tendresse et nostalgie, tout en regrettant de ne pas avoir eu le temps d'approfondir ses connaissances à ses côtés.

Elle espérait que la mission de son époux, prévue pour durer au moins cinq ans, lui permette de s'introduire dans les plus hautes sphères de la société ottomane. Elle s'en réjouissait et se promettait de partager ses découvertes avec quelques personnes bien choisies, notamment la princesse de Galles, Alexander Pope ou l'abbé Conti.

Grâce à leur imposante escorte, les Wortley traversèrent sans encombre les sombres forêts de Serbie, refuge de bandes armées qui attaquaient souvent les voyageurs.

À leur arrivée à Nissa, l'ancienne capitale du pays, la jeune femme assista, les larmes aux yeux, aux exactions de leurs janissaires qui contraignaient les malheureux paysans à leur livrer bétail et denrées sans le moindre paiement. Ceux qui protestaient étaient battus sans pitié. Horrifiée par cette violence, Mary avait du mal à concilier le raffinement incarné par Ahmet bey et la brutalité de la soldatesque turque.

Après avoir repris la route, il leur fallut dix jours pour franchir les massifs montagneux des Balkans. Quand ils se retrouvèrent dans la grande plaine de Sofia, leur prochaine destination, Mary fut soulagée d'avoir échappé aux dangers dont on les avait menacés.

En arrivant, elle se souvint des recommandations de l'effendi qui lui avait conseillé de profiter des bains de la ville, connus pour leur vertu curative. Elle hésitait à s'y rendre, car elle ignorait ce qui l'y attendait. Puis elle pensa qu'elle devait se montrer audacieuse si elle voulait avoir des aventures à raconter à ses amis.

Après qu'elle lui eut exprimé ses désirs, son interprète lui loua discrètement un carrosse. Il était aéré par des jalousies en bois peint et recouvert d'un drap de soie écarlate qui lui permettait de se déplacer sans être vue. Elle se rendit au hammam qui était situé en face de la mosquée Bania Bachi, la plus ancienne de la région.

Le bâtiment des bains était surmonté d'un dôme parsemé de petites vitres circulaires pour laisser la lumière y pénétrer. Les Turques disposaient là d'un espace réservé qu'on appelait « le Café des femmes ». Il attirait celles qui, sous prétexte de se préserver des rhumes et autres indispositions, se distrayaient en échangeant les dernières nouvelles.

L'idée de s'engager à l'intérieur impressionnait Mary. Saurait-elle se conduire sans paraître ridicule, allait-on s'intéresser à elle, peut-être même s'en moquer ? Après bien des hésitations, elle se décida à y pénétrer sur les conseils de son interprète.

À l'entrée, elle fut reçue par la responsable des lieux qu'on appelait « la tenante ». Il y régnait une ambiance pleine de gaieté. Outre le café, on distribuait également toutes sortes de boissons, des sorbets à la rose ou au jasmin.

Peu après, une « portière » souriante, vêtue de lin blanc, vint la chercher pour l'introduire dans la pièce où de jeunes esclaves jouaient de la musique avec une sorte de luth, tandis que d'autres rangeaient le vêtement des baigneuses.

L'une d'elles lui demanda si elle désirait un « *pashtemat* », une sorte de peignoir. Comme elle ne comprenait pas de quoi il s'agissait, elle conserva sa tenue. Personne ne lui fit la moindre remarque. On l'avait respectée.

Le plus difficile pour elle fut d'apprendre à marcher avec des « nalins », des chaussures en bois perchées sur de hautes semelles, censées empêcher de glisser sur les surfaces savonneuses.

Les femmes les plus riches en portaient de magnifiques avec des perles et des pierres incrustées.

Mary se chaussa de simples sandales pour ne pas tomber, puis elle se laissa prendre au rituel du hammam.

Les préposées aux bains lui présentèrent divers onguents et crèmes. Après lui avoir lavé les cheveux, elles lui passèrent de la mousse de savon d'Alep pour purifier la peau. Leurs gestes, qui étaient doux comme des caresses, étaient accomplis avec délicatesse. Mary, qui semblait gênée en entrant, découvrait ce qu'était la volupté. Elle ne boudait pas son plaisir mais hésitait à pénétrer dans la grande salle emplie de vapeur parfumée, se sentant ridicule de se retrouver habillée au milieu d'une centaine de femmes, toutes dans la tenue d'Ève.

Quand elle finit par s'y hasarder, personne ne lui jeta un regard dédaigneux ou n'émit un chuchotement de mépris, comme cela était fréquent dans son pays quand une femme n'était pas mise à la mode. Par son aisance à se mouvoir et son charme, elle attirait la sympathie. Aussi eut-elle droit à des sourires de bienvenue.

Assise sur un banc avec ses vêtements qui s'imprégnaient d'humidité, elle observait avec amusement les esclaves qui coiffaient et parfumaient les longs cheveux des baigneuses. Certaines d'entre elles dégustaient des sorbets, d'autres jouaient de la musique au bord du grand bassin de marbre. Elle regrettait de ne pas pouvoir échanger avec ces jeunes femmes.

Mary aurait aimé que son ami Jervas soit là pour représenter « ces femmes alanguies, aux membres admirablement proportionnés, aux chairs d'un blanc nacré et aux opulentes chevelures entremêlées de rubans ou de torsades de perles qui rappelaient les nudités superbes de l'école vénitienne et semblaient copiées sur l'image même des Grâces », comme elle les décrirait plus tard.

On lui avait dit que les moments passés aux bains constituaient une sorte de rituel initiatique. Aller des salles froides aux pièces chaudes symbolisait le dépouillement progressif du croyant se défaisant de ses vêtements pour accéder aux mystères cachés.

Peu après, on lui conseilla de se dévêtir pour profiter des bienfaits du bain. Elle ne savait que faire. Soit elle restait habillée et contrevenait aux habitudes du pays, soit elle se laissait aller avec naturel.

– Je ne le peux, dit-elle, finalement gênée de refuser une si aimable proposition. Je viens de la nation anglaise et je ne suis pas accoutumée aux bains chauds… La tenue que je porte me permet de ne pas avoir froid quand je monte à cheval…

Sa remarque aurait pu faire sourire mais il n'en fut rien et elle décida finalement de se laisser faire pour ne pas offenser des personnes si accueillantes. Une fois que ses seins furent dénudés, les baigneuses se penchèrent vers elle pour l'admirer en répétant : « Charmante, vraiment charmante ! »

Elle pensa qu'elles ne cherchaient pas tant à la voir nue que dans une situation égale à la leur, sans le vêtement symbole du statut et de la richesse.

Une autre esclave vint ensuite lui frictionner le dos, puis la poitrine, avec de l'eau parfumée. Gagnée par la volupté, Mary s'enveloppa dans une grande serviette chaude et s'abandonna à la douceur du moment.

En sortant du bain, elle se sentait légère et pleine de gaieté. Elle sympathisa avec la « natik » qui lui proposa du parfum dans des fioles de verre soufflé et du khôl pour mettre en valeur son beau regard.

Quand la voyageuse ressortit du hammam, elle semblait épanouie, heureuse d'avoir éprouvé des sensations nouvelles. Aussi se félicitait-elle d'avoir tenté l'aventure.

Rentrée chez elle, elle s'empressa de rapporter son expérience à ses amies :

« Vous ne pouvez pas imaginer ma surprise quand, après avoir enlevé ma robe, la baigneuse découvrit que mon buste était enfermé dans un corset. Elle s'enfuit apeurée en pensant que les maris anglais étaient pires que les orientaux car ils enfermaient leur épouse dans des cages à la forme de leur corps. »

CHAPITRE II
VERS ANDRINOPLE

Après avoir quitté Sofia, les Wortley poursuivirent leur route vers Andrinople. Le grand voyage commençait enfin. Suivie d'une centaine de chameaux et de buffles, la caravane de l'ambassadeur d'Angleterre se déployait dans un nuage de poussière. La région était ensoleillée et couverte de vignes qui poussaient sur les collines.

Mary était perdue dans ses rêves. La campagne lui donnait un avant-goût du paradis. Assises sous des arbres fruitiers gorgés de soleil, des familles pique-niquaient sur des tapis persans en buvant du café.

Il était difficile à une habituée des brouillards anglais d'imaginer l'atmosphère lumineuse des pays d'Orient, l'ambiance pleine de gaieté et le bien-être procuré par une agréable température. En arrivant à Andrinople, Mary fut impressionnée par l'élégance de la magnifique mosquée Selimiye, chef-d'œuvre de l'architecte Sinan, et par la finesse de ses minarets qui s'élançaient vers le ciel en imposant le respect.

Après deux siècles d'isolement dans le sérail de Constantinople, les sultans avaient transféré leur cour dans cette région plus ouverte, censée être à l'abri de la peste. Elle comportait des réserves de gibier et d'agréables jardins au bord de la rivière Maritza où les cigognes venaient s'abriter l'hiver. On imaginait qu'elles faisaient chaque année le pèlerinage à La Mecque…

Alors que le couple exprimait son soulagement d'en avoir fini avec les aléas de la vie nomade, il fut soudain interrompu par les hurlements des paysans qui leur avaient fourni des vivres et des chariots pour transporter leurs bagages selon un prix convenu et que l'on renvoyait à coups de bâton, sans la moindre indemnité.

Mary fut choquée, comme elle le rapporta dans ses écrits : « Quelques-uns de leurs chevaux étaient estropiés, d'autres morts, écrivit-elle. Ces pauvres gens environnaient notre maison en pleurant et en s'arrachant les cheveux et la barbe de la manière la plus digne de pitié sans y gagner autre chose que des coups de bâton d'une soldatesque impitoyable. »

Généreuse de nature, Mary était prête à leur donner sa bourse, mais son époux l'en empêcha en lui disant que l'agha s'en s'emparerait sans se gêner.

Wortley posa sa main sur la sienne.

– On m'a dit que le Grand Seigneur est tout aussi esclave que ses sujets quand les soldats le regardent de travers. Grâce à Dieu, tout s'est bien déroulé, nous avons accompli le plus difficile et ne devrions plus vivre des moments pareils !

– Que Dieu vous entende ! soupira Mary. On raconte que la ville est accueillante. J'espère que nous pourrons y demeurer longtemps ! Je souhaite que notre enfant ait bientôt la bonne mine de ceux d'ici et que la vie à l'étranger lui ouvre l'esprit !

Son époux, qui ne s'intéressait guère à son fils, ne sut que lui répondre.

– Je suppose que vous allez maintenant avoir du temps pour correspondre avec vos amis, dit-il en changeant de sujet.

– Je dois tenir mes promesses et dès que nous serons installés, je me rappellerai à leur bon souvenir.

– N'oubliez pas votre ami Pope ! On le sait assez pointilleux pour vous en vouloir si vous ne répondez pas à ses attentes.

– Oui, soupira Mary. Figurez-vous qu'il souhaite que je rentre à Londres sans vous, ou que lui-même vienne me rejoindre en Turquie !

Wortley n'apprécia pas la remarque, mais elle n'y prêta pas attention et poursuivit son idée.

– Je vais lui décrire l'ambiance pastorale qui règne ici. Cela lui permettra d'imaginer la beauté de la campagne orientale sans avoir à se déplacer !

– Quel étrange personnage ! C'est regrettable que les maux dont il souffre troublent à ce point sa pensée et son caractère.

Wortley ne souhaitait pas s'attarder sur le cas de Pope qu'il connaissait mal et ne souhaitait pas rencontrer. Sa présence auprès de son épouse ne le gênait pas. Il pensait qu'il ne risquait rien car il était trop laid pour la séduire. Changeant de nouveau de sujet, il demanda à Mary :

– Telle que je vous connais, j'imagine que vous allez apprendre le turc ?

– Oui ! car cela me sera utile pour converser avec les grandes dames de l'empire. Je souhaite les rencontrer pour comparer leur manière de vivre aux nôtres. Aucune de nos relations, soupira Mary, ne peut imaginer la splendeur du pays où nous sommes. Ici, je me sens libre comme ce beau nuage qui s'étire au-dessus de nous, dit-elle en levant les yeux vers le ciel.

L'ambassadeur et sa famille s'installèrent dans l'un des palais du Grand Seigneur qui était situé au bord de la rivière Maritza. Le parc était couvert de beaux arbres. Les tourterelles, qu'on protégeait ici pour leur innocence, venaient y roucouler du matin au soir.

Mary avait à cœur de se mettre à l'épreuve de nouvelles habitudes. Au lieu de partager un appartement avec son mari, elle décida de mener l'existence d'une vraie Ottomane, pour essayer de comprendre comment elles vivaient.

Wortley n'y fut pas hostile.

Elle le laissa de l'autre côté du couloir et s'installa dans « l'appartement des femmes » dont les fenêtres donnaient sur des jardins cachés par de hauts murs.

La pièce qu'on lui avait attribuée était magnifique avec ses plafonds en bois peint et ses lambris en cèdre rehaussés de clous d'argent. Il y avait des herbes aromatiques qui se consumaient dans un brûle-parfum et, comble de délicatesse, des paniers de fleurs étaient disposés dans des niches.

Le grand nombre de fontaines qui se trouvaient à

l'intérieur du palais intrigua Mary. Elle en demanda la raison à son interprète.

– Leur murmure, répondit Salia, permet de dissimuler les conversations indiscrètes.

Mary comprit alors qu'elle était bien dans un pays différent du sien.

Elle rapporta à sa sœur Frances que, dans les demeures turques, il n'y avait ni chambre à coucher, ni alcôve. On jetait un matelas sur une estrade qu'on couvrait d'un drap de lit en soie et de couvertures indiennes. Le matin, les esclaves enlevaient la literie et l'enfermaient dans des armoires. Il y avait aussi de grands sofas sur lesquels elle pouvait s'allonger à tout moment au milieu de coussins si confortables qu'elle se laissait vite emporter par ses rêves.

Elle lui décrivit la manière dont elle s'habillait maintenant. Elle portait un « entari », sorte de veste en damas blanc qui lui serrait bien la taille, des souliers en peau de chèvre brodés d'or, un caftan et une robe kurde que l'on portait, ou non, suivant le temps qu'il faisait.

Enchantée d'être là, la jeune femme semblait vivre dans un rêve. Elle appréciait l'atmosphère apaisante des lieux qui lui rappelait l'époque bucolique chantée par le poète Théocrite. Et pensait qu'il n'y avait pas d'endroit plus inspirant pour se consacrer à son journal de voyage. Les mauvais souvenirs de sa vie antérieure commençaient à s'estomper et elle sentait naître chez elle un désir de liberté qu'elle exprima à son époux en buvant du café pour la première fois.

– Vous allez, mon ami, être très absorbé par les devoirs d'une mission délicate dont je ne doute pas que vous la meniez à bien, lui déclara-t-elle un matin. Je suis décidée à découvrir ce monde nouveau sur lequel tant de faussetés ont été écrites. J'entends donc profiter autant qu'il est possible de la liberté que vous voudrez bien me laisser et que me donne mon statut pour m'introduire dans les milieux fermés de la haute société ottomane.

Comme son mari la regardait d'un air étonné, elle poursuivit :

– Je souhaite recueillir les informations qui me permettront, j'en suis sûre, de dénoncer ces idées toutes faites sur les Turcs que l'on peut entendre à Londres ou à Vienne. Je ne vous cacherai rien car, elles pourront, je l'espère, vous être utiles.

Wortley lui répondit en souriant :

– Je sais que vous aimez plaire avec votre plume et que vous le faites avec talent. Vous avez toute liberté pour l'exercer, mais je vous demande d'agir avec la plus grande discrétion afin de ne pas gêner ma mission.

Mary réfléchit un instant en regardant le soleil qui était légèrement voilé et les palmes des dattiers qui frémissaient à peine.

– Douteriez-vous de moi ? demanda-t-elle.

– Certainement pas ! Mais nous arrivons dans un pays où nous pourrions ignorer les usages. On m'a averti que le protocole était ici particulièrement strict. Le moindre faux pas pourrait avoir des conséquences dramatiques.

– Vous pouvez me faire confiance, fit-elle, étonnée par sa remarque.

CHAPITRE 12
LES AFFAIRES DIPLOMATIQUES

Dès son arrivée à Andrinople, Edward Wortley se rendit à l'ambassade d'Angleterre pour s'enquérir de la situation politique. Sir Robert Sutton, qui représentait le pays depuis 1702, l'avait quittée, mais il pouvait compter sur Hefferman, son ancien secrétaire qui était également celui de la Compagnie du Levant. Celui-ci occupait un poste clé, car il remplaçait les ambassadeurs en cas de maladie ou d'absence.

Wortley disposait de trois drogmans pour transmettre ses messages aux ministres. Un *scrivan effendi* lui traduisait ses documents en turc. Ils n'étaient pas musulmans et étaient recrutés dans les communautés grecques ou italiennes de Pera.

On lui avait recommandé de s'en méfier, car leur fidélité et leur confidentialité n'étaient pas assurées. Certains travaillaient pour le sultan ou passaient au service d'un autre pays sans même prévenir l'ambassadeur. Celui-ci disposait d'une garde de janissaires pour sa protection afin qu'il puisse tenir son rang et éviter d'être insulté par des fanatiques lors de ses déplacements.

Soucieux de rattraper le temps qu'il avait perdu à Vienne, Wortley demanda à Hefferman d'être présenté au plus vite à Sa Majesté Ahmet III.

– Vous devez respecter l'ordre protocolaire, lui répondit celui-ci. C'est d'abord le grand vizir, Haci Halil Pacha, que vous devrez rencontrer, en sachant que c'est Ibrahim Pacha qui détient le pouvoir. Car il est le favori du sultan et aussi l'époux de l'une de ses filles.

– Je n'ai jamais entendu parler de ce dignitaire, fit Wortley, surpris.

– C'est un Turc d'origine modeste qui s'est imposé par sa vivacité et ses talents d'écriture. Il serait devenu le secrétaire du sultan pendant sa captivité. Il aurait contribué à faire déposer Mustapha et à le remplacer par son frère Ahmet, le sultan actuel. Il a donc toute sa confiance et détient l'autorité pour tout ce qui concerne les négociations de paix. Il aurait d'ailleurs assuré à monsieur de Bonnac, le nouvel ambassadeur de France, que les visites auprès du grand vizir n'étaient que de pure forme…

Wortley fit signe qu'il avait compris.

– Vous devrez ensuite remettre vos lettres de créance au sultan lors d'une cérémonie qui obéit à une étiquette très précise, poursuivit Hefferman. Quand elle a lieu à Constantinople, elle commence par une grande parade dans la ville avec musique et drapeaux. Lorsque vous serez dans le palais, on vous remettra le caftan traditionnel et vous serez convié à dîner par le grand vizir, avant d'être reçu par le sultan dans la salle d'audience du sérail. Vous lui présenterez alors vos compliments et vos cadeaux. Il vous dira simplement « *Pekiyi* », ce qui signifie : « Très bien. » Il vous suffira alors de faire votre révérence et de vous retirer.

– Pouvez-vous me dire dans quel état d'esprit sont les Turcs, en ce moment ?

– Leur défaite à Peterwardein leur a porté un grand coup. Après avoir fait peur à toute l'Europe, c'est maintenant à leur tour de trembler ! J'ai entendu dire que leur armée se préparait à une nouvelle campagne. Le sultan et Ibrahim Pacha ne sont pas des personnes belliqueuses, mais d'après votre prédécesseur Sir Robert Sutton, ils ne voudraient négocier qu'à la condition de récupérer leur place forte de Temeswar en Transylvanie.

– J'en tiendrai compte dans mes propositions de paix à l'empereur, répondit Wortley. Si j'ai bien compris, il me faudra agir au plus vite avant que la guerre ne reprenne.

– Ce serait préférable, en effet.

Comme le temps s'écoulait et qu'il ne se passait rien, l'ambassadeur s'inquiétait de ne pas avoir encore rencontré le grand vizir et d'ignorer à quel moment il serait présenté au Grand Seigneur.

Il s'en plaignit auprès d'Hefferman.

– En Orient, lui expliqua ce dernier, on n'a pas la même conception du temps. Il faut apprendre à être patient. Le Coran définit d'ailleurs la patience comme une grande qualité morale.

Wortley n'était pas sûr de lui. Novice en politique, il

avait peur de commettre des erreurs. À d'autres moments, il paraissait au contraire trop confiant, voire arrogant.

Le soir, il rentrait silencieux ou de mauvaise humeur au palais, sans donner d'explications à son épouse, qui aurait été pourtant assez forte pour le soutenir dans les moments difficiles. Depuis qu'ils étaient en Orient, ils se parlaient peu, comme s'ils vivaient maintenant dans des mondes différents.

Son rival, l'ambassadeur de France, le marquis de Bonnac, ne le tenait pas en haute estime et se moquait de lui en disant qu'« il se cachait parce qu'il n'avait pas encore reçu les livrées de sa suite ».

Un matin, alors qu'ils buvaient du café sous les arbres de Judée, entourés de serviteurs empressés qui leur servaient toutes sortes de pistaches et de rahat-loukoums, Mary remarqua que son époux paraissait plus soucieux que de coutume.

– Votre mission vous causerait-elle des ennuis ? finit-elle par lui demander.

– Vous savez que je ne peux rien vous dire, répondit Wortley, car la moindre rumeur ou allusion pourrait se retourner contre moi. Je peux simplement vous confier que c'est une affaire d'une grande importance que de servir le roi d'Angleterre au nom de la paix !

Mary n'insista pas et chercha à savoir quelles étaient ses relations avec Bonnac.

– On le présente comme une personne habile qui aurait étudié les cultures anciennes et turques, ce qui devrait l'aider dans ses négociations. Mais je dois m'en méfier, car nous n'avons pas les mêmes objectifs et nos stratégies sont différentes.

– En quoi seraient-elles différentes ?

– La France pousse les Turcs à faire la paix avec les Vénitiens afin de pouvoir concentrer leurs forces contre l'Autriche, alors que moi, je dois, au contraire, les amener à conclure un traité de paix avec Vienne !

– Quand j'ai vu madame de Bonnac, dit Mary en reprenant une gorgée de café, elle m'a appris que son mari présenterait ses lettres de créance au sultan le 13 avril. N'est-il pas étonnant que l'on ne vous ait point encore soumis de date ?

– D'après Hefferman, je devrais présenter les miennes peu de jours après…

Mary s'en étonna.

– Vu l'importance de votre mission, on aurait dû se montrer plus empressé de vous recevoir !

– Bonnac, qui est arrivé deux mois avant nous, a pris le temps d'obtenir les audiences protocolaires nécessaires. Il a le titre d'ambassadeur extraordinaire et, si j'ai bien compris, la Sublime Porte semble accorder la préséance à la France sur les autres nations.

Elle se demandait si son époux était bien informé. Elle avait déjà rencontré le marquis de Bonnac en rendant visite à son épouse à l'ambassade de France. Il avait été impressionné par son charme et son érudition, aussi l'avait-il encouragée à fréquenter sa femme dans l'espoir qu'elle puisse prendre modèle sur elle.

Bonnac savait que Mary était réputée à Londres pour son esprit, son savoir et sa beauté. Si la variole lui avait fait quelque dommage, il pensait, à tort, qu'il y avait autant de dépit que de courage dans le parti qu'elle avait pris de suivre son époux.

Partout où elle passait, que ce soit à la cour de Londres ou à celle de Vienne, elle impressionnait ministres et diplomates par ses connaissances et la finesse de ses remarques.

Si elle était fière que son mari représente l'Angleterre, Mary aurait aimé s'impliquer davantage dans ses affaires, mais ici, les femmes ne se mêlaient pas de politique et la vie de Cour était purement protocolaire.

CHAPITRE 13
LES TURKISH EMBASSY LETTERS

Il était de bonne heure ce matin-là, lorsque Mary, vêtue d'une robe tissée dans ce beau rouge Andrinople qui lui plaisait tant, rejoignit son kiosque dans le parc. Le beau temps était là et l'ardeur du soleil était tempérée par une brise légère parfumée de senteurs délicates. Le jardin était resplendissant de fleurs. Il était orné d'une fontaine et entouré d'un treillis que la vigne vierge, le jasmin et le chèvrefeuille transformaient en rideau de verdure.

Après avoir refermé la porte pour préserver une solitude que personne ne viendrait troubler à cette heure, la jeune femme s'installa devant son écritoire. Elle se sentait chez elle et chantonnait au milieu des papillons qui lui tenaient compagnie comme dans la propriété de sa grand-mère.

Le moment était venu de se consacrer à son courrier. Elle avait prévu d'écrire une quinzaine de lettres à ses amis les plus proches. La forme épistolaire qu'elle maîtrisait si bien lui permettrait d'aborder des sujets différents selon les intérêts de ses correspondants et de se retrouver dans l'intimité de ses amis. Elle parlerait de poésie avec Pope, de religion avec l'abbé Conti, et discuterait avec sa sœur de la grande liberté qu'avaient, lui semblait-il, les femmes turques.

Le temps pressait car le vaisseau anglais *Le Preston* allait bientôt quitter le Bosphore et plusieurs mois seraient nécessaires pour que son courrier parvienne à Londres.

Elle trempa sa plume dans une encre bleue couleur des mers du Sud pour écrire à la princesse de Galles, noblesse oblige, dans le style pompeux et flatteur en vigueur à la Cour.

« Je suis parvenue au terme d'un voyage qu'aucun chrétien n'avait entrepris depuis le temps des empereurs grecs. Ce climat, quelque brillant qu'il soit, ne peut jamais l'emporter à mes yeux sur l'Angleterre, malgré ses neiges et ses frimas. C'est là qu'on vit heureux sous un gouvernement tranquille ; c'est là qu'un monarque adoré met son bonheur à maintenir la liberté d'un peuple dont il aime mieux être le père que le maître absolu. »

Alors qu'elle ne parlait jamais de son époux, elle termina sa lettre en vantant habilement « le zèle de Monsieur Wortley au service de Sa Majesté ».

Afin que Frances puisse imaginer sa tenue, elle lui révéla qu'elle s'était mise à la mode du pays et dissimulait ses jambes sous des pantalons en damas rose avec des fleurs d'argent qu'elle jugeait plus pudiques que les jupons. Elle lui décrivit également sa coiffe, un *talpack* en tissu argenté qu'elle portait légèrement incliné sur le côté avec un pompon d'or. Elle ajouta que les femmes du pays laissaient libre cours à leur fantaisie avec leurs chevelures flottantes ou tressées de perles et de rubans. Certaines, qui étaient dans l'air du temps, portaient même des bouquets de pierres précieuses, imitant les fleurs.

Parlant toujours librement avec Sarah Chiswell, elle lui rapporta que les femmes turques se permettaient toutes les intrigues en se dissimulant le visage et le corps sous des voiles. Elles portaient un *féredjé*, un habit de soie en été ou de drap en hiver, qui cachait leurs formes.

Ainsi, concluait-elle, même le plus jaloux des maris ne pouvait pas reconnaître son épouse quand il la croisait dans la rue. « Cette mascarade perpétuelle donnait aux femmes, affirmait-elle, toute liberté de suivre leurs inclinations sans danger d'être découvertes. » Elle évoqua également les amoureux qui se retrouvaient dans des boutiques détenues par des Juifs, semblables à celles de la Maison des Indes où Wortley et elle avaient passé leur temps à se donner des rendez-vous qu'ils manquaient. Comme elles se dévoilaient rarement à leur amant, leur liaison pouvait durer des mois sans que le galant connaisse jusqu'à leur nom.

L'effendi, cet esprit éclairé, lui avait appris que la vérité n'était jamais atteinte sans l'aide d'un maître. Tout en l'initiant à la religion et à la morale ottomane comme aucun chrétien n'avait pu l'être avant elle, leurs conversations avaient éveillé en elle une sympathie naturelle pour les femmes turques. Mary assurait qu'elle ne mentait pas dans ses récits comme les autres voyageurs qui se vantaient de leurs exploits.

« C'est pour moi un plaisir tout particulier de lire les ouvrages qui traitent du Levant. Généralement remplis de faussetés et d'absurdités, ils vous racontent des aventures de femmes qu'ils n'ont jamais vues et vous peignent le caractère de certains hommes qui ne les ont jamais admis dans leur compagnie ; ils vous donnent des descriptions de mosquées dans l'intérieur desquelles ils n'auraient pas osé jeter un coup d'œil. »

Elle n'accordait aucun crédit à l'ouvrage de Paul Rycaut, *L'État présent de l'Empire ottoman*, pas plus qu'à celui de l'historien français Jean Dumont. Ce dernier avait osé rapporter des absurdités sur les femmes orientales qu'il ne pouvait pas avoir fréquentées sans risquer sa vie. Maintenant qu'elle s'était libérée des convenances anglaises et que plus personne ne la surveillait, Mary cherchait à séduire avec sa plume en évoquant un monde mystérieux qu'aucune de ses amies ne pouvait imaginer. Elle tenait à leur faire savoir que ce pays n'avait rien de barbare. Face à un monde inconnu, elle réagissait avec charme et vivacité. Ses lettres mettaient la Turquie en valeur et ce qu'elles en rapportaient était unique.

Elle prenait du temps pour écrire. Elle devenait peu à peu écrivain en rapportant tout ce qui la frappait. S'il était choquant qu'une jeune femme de la haute société se dévoile dans l'écriture, elle faisait en sorte d'envoyer des lettres et des textes courts pour démontrer qu'elle n'écoutait pas les interdits et qu'il n'y avait rien de honteux pour une jeune femme de sa classe à écrire à sa famille et à ses amis les plus proches.

Un soir, alors qu'elle admirait la beauté du soleil couchant, elle pensa que ses lettres feraient date, car il était exceptionnel qu'une aristocrate s'engage dans un si long déplacement et puisse en rendre compte.

« Je dois la vérité aux femmes des générations futures pour qu'elles s'inspirent de ma liberté. Je mettrai à profit mon rang pour approcher la haute société ottomane et la comparer à la société anglaise.

Au fond, pensait-elle, j'ai toujours été entourée de gens d'esprit. Tous ont eu l'amitié de me reconnaître du talent et m'ont encouragée à écrire. Certes, mon rang m'interdit de publier sous mon nom. Mes poèmes ne l'ont été qu'*incognito*, et je ne pourrai jamais écrire de romans ou des ouvrages comme l'écrivain Mary Astell.

Cependant mes lettres et mon journal de voyage pourront constituer l'œuvre littéraire qui me tient à cœur en apportant un précieux regard sur cette région du monde. Pour respecter la bienséance, je veillerai à ce qu'ils ne soient publiés qu'après ma mort. Ainsi, ils resteront le témoignage d'un esprit libre. »

CHAPITRE 14
LA SORTIE DU GRAND SEIGNEUR

Ce matin-là, abritée du soleil sous une ombrelle, Mary se promenait dans les jardins avec son fils à l'ombre bienfaisante des grands arbres.

En mère attentive, elle essayait de lui apprendre à bien parler et lui posait des questions pour le faire réfléchir. Âgé de 4 ans, cet enfant était toujours aussi turbulent et difficile à contraindre. Il lui échappait en courant dans les fourrés à la recherche de tourterelles ou de cigogneaux, aussi finit-elle par le confier à sa gouvernante pour poursuivre sa promenade en toute tranquillité.

Depuis son arrivée à Andrinople, Mary était plutôt désireuse de tisser des relations avec des jeunes femmes turques que de fréquenter les épouses des ambassadeurs européens qu'elle jugeait souvent légères ou prétentieuses.

Seule Madeleine de Bonnac l'intriguait par son faste et sa vivacité. Au début, elle avait apprécié de sortir avec cette aristocrate, âgée de 19 ans, issue d'une grande famille. Cette jeune femme blonde aux yeux clairs et aux joues roses lui plaisait par sa joie de vivre, même si elle semblait plutôt intéressée par le bavardage et le paraître que par la réflexion.

Les Bonnac semblaient avoir sacrifié aux mœurs du pays, car elle allait accoucher d'un deuxième enfant. En Turquie, faire des enfants était un signe de bonne santé et de jeunesse, ce que Mary relata avec humour à son amie Lady Bristol qui en avait mis au monde près d'une vingtaine.

Madeleine menait grand train, se déplaçait en voiture découverte, entourée d'un équipage digne du Roi-Soleil, avec gardes et valets de pied, auxquels s'ajoutaient les voitures des demoiselles de compagnie, pompeusement appelées « dames d'honneur ».

Mary, qui s'épanouissait à l'étranger depuis qu'elle n'était plus sous le regard de sa famille, ne négligeait rien pour avoir des histoires à raconter à ses proches.

Elle fut enchantée d'assister avec sa nouvelle amie à la marche du Grand Seigneur qui se rendait à la mosquée. C'était un vendredi, jour saint pour les musulmans. Plus sublime que jamais, elle portait ce jour-là de fines tresses mêlées de rubans et de pierres précieuses. Avec son beau regard et son teint légèrement hâlé, elle pouvait s'identifier aux femmes du pays et s'en disait fière.

Les deux amies étaient situées à l'étage d'une maison à encorbellement d'où elles pouvaient jouir d'un somptueux point de vue. Elles attendaient le début du spectacle avec impatience.

Ce furent des janissaires, parés de grandes plumes blanches, qui ouvrirent le défilé. Derrière eux marchaient les *bostandjis* et les *spahis*, gardes à pied et à cheval, suivis par la compagnie des jardiniers affectés à la seule culture des tulipes auxquelles Ahmet III vouait une véritable passion. Venait ensuite l'agha des janissaires et, à ses côtés, le chef des gardiens du sérail, vêtu d'un vêtement jaune sombre, doublé de zibeline. Ils précédaient le sultan qui, malgré la douceur du temps, portait une robe verte bordée d'une fourrure de renard noir de Moscovie et montait un cheval magnifique, au harnais incrusté de pierres précieuses. Six autres chevaux tout aussi richement parés, menés à la main, le suivaient.

Ses plus proches courtisans portaient l'un sa cafetière en or au bout d'une hampe, l'autre un tabouret d'argent pour que le maître puisse se reposer quand il le désirait.

Ce qu'on disait de lui intriguait Mary. On lui prêtait des mœurs douces et un caractère très humain. On rapportait qu'il consacrait la plus grande partie de son temps à la lecture, à étudier la théologie et à pratiquer la calligraphie dont il était un artiste reconnu. S'il aimait avec passion les plaisirs et surtout l'argent, il n'en était pas moins ami des sciences.

À la grande surprise des jeunes femmes, Sa Hautesse s'arrêta sous leur fenêtre, comme si elle était attirée par leur beauté. Âgé d'une quarantaine d'années, le sultan parut à Mary un fort bel homme avec ses grands yeux noirs.

– Je crois qu'il nous a remarquées ! s'exclama Madeleine de Bonnac.

– Il a beaucoup de prestance, murmura Mary à l'oreille de son amie, sans lui dire que le regard du monarque s'était surtout attardé sur elle.

– C'est vrai qu'il a fière allure ! Sa cour me semble presque aussi grandiose que celle de feu notre roi Louis XIV !

Mary la regarda droit dans les yeux en croisant les bras avec un sourire amusé.

– Ne me dites pas que vous aimeriez en faire partie !

– Pourquoi pas ? répliqua la jeune femme en riant.

– Prenez garde ! Il paraît que l'enfermement des femmes dans un harem ne produit que des guerres intestines !

– En tout cas, il semble que notre déplacement ait créé l'événement !

Tandis que leurs épouses paradaient, les deux ambassadeurs continuaient à se surveiller de loin. Après avoir observé Wortley avec curiosité, puis avec un certain dédain, Bonnac avait envoyé ses commentaires à Paris en le définissant ainsi : « Un homme d'esprit qui a été employé dans les affaires de son pays et qui est uniquement attaché aux maximes du gouvernement présent. »

De son côté, si Wortley redoutait que son épouse s'accoutume à mener grand train avec Madeleine, il la savait assez subtile pour éviter les commérages et espérait qu'elle puisse lui transmettre d'utiles informations, comme elle le lui avait laissé entendre.

Le soir, lorsque les deux ambassadeurs leur demandèrent comment elles avaient passé leur journée, Mary se contenta de répondre qu'elle avait été fort instructive, et Madeleine qu'elle s'était bien amusée.

CHAPITRE 15
L'ÉPOUSE DU GRAND VIZIR

Depuis son arrivée à Andrinople, Lady Mary multipliait les lettres à ses amis, leur rapportant ce qu'elle voyait et entendait dans les moindres détails. Elle leur annonça qu'elle faisait maintenant la différence entre les tapis persans et les kilims turcs et que les subtilités de la cérémonie du café n'avaient plus de secret pour elle. Elle disait prendre plaisir à écrire, appréciant le moment où une belle phrase naissait soudain sous sa plume. Ses anecdotes sur les mœurs et le gouvernement turc venaient de sources inaccessibles aux autres voyageurs, ce qui leur donnait un caractère de vérité.

Selon elle, la vie des Ottomanes d'un certain rang ne pouvait pas être plus détestable que celle des Anglaises, même si elles vivaient au harem, parce qu'elles recevaient une instruction, s'adonnaient à la danse, à la musique et même à la calligraphie.

« Ainsi, ma chère sœur, écrivit-elle à Frances, les mœurs des différents peuples ne sont pas tout à fait opposées que nos faiseurs de relations voudraient nous en persuader. »

Naturellement, elle ne parlait que des femmes de son rang ; les autres, elle ne les fréquentait guère. Néanmoins, elle se sentait libre, vraiment plus libre que dans son pays, où elle était sans cesse observée et critiquée. Enchantée par sa nouvelle vie, elle dormait, dans son joli petit palais, sur une estrade recouverte de beaux tapis persans et se réjouissait de disposer d'un bain, ce qui n'était pas le cas en Angleterre. Elle jugeait délicieux de sortir d'une eau parfumée, enroulée dans des cotonnades d'une extrême douceur, entourée de jeunes personnes souriantes et empressées à la servir.

Pour montrer à sa famille qu'elle s'était bien adaptée au pays, elle demanda au peintre Jean-Baptiste Vanmour, réputé pour ses portraits et ses scènes de harem imaginaires, « d'apporter la preuve de son insertion dans le pays en mettant en scène sa petite personne vêtue à la turque ».

Le peintre la représenta en caleçon de damas rose à fleurs d'argent. Serrée à son cou par un bouton en diamant, sa chemise en soie blanche ne couvrait que la moitié de ses bras et laissait deviner la forme de sa poitrine. Sa veste rehaussait sa taille fine et son caftan était fermé par une large ceinture. Elle laissait flotter ses beaux cheveux sur ses épaules comme une vraie Ottomane et tenait par la main son petit Edward.

Comme elle souhaitait rencontrer les femmes de hauts dignitaires pour comparer leur existence à la sienne, Wortley chercha à la contenter en accomplissant les démarches nécessaires pour qu'elle puisse être reçue par la femme du grand vizir, Haci Halil Pacha. La réponse fut favorable et Mary fut ravie de commencer discrètement son étude de la vie des femmes turques.

Pour célébrer sa première visite protocolaire, elle revêtit l'une de ses somptueuses tenues confectionnées à Vienne. Au dernier moment, elle renonça à la surcharge de rubans et de gaze qu'on avait échafaudée sur sa tête, afin de pouvoir se mouvoir plus aisément.

– Que pensez-vous de ma tenue ? demanda-t-elle à Salia, l'interprète grecque qui l'accompagnait, tandis qu'une suivante portait sa traîne.

– Je pense que vous allez surprendre tout le monde… Le grand vizir et sa femme sont extrêmement dévots. Votre désir de la rencontrer a dû la troubler, car elle ne reçoit personne.

Ces remarques firent sourire Mary.

– Me voilà, chère Salia, d'autant plus honorée que cette grande dame veuille bien me recevoir.

À l'entrée du palais, Lady Mary fut accueillie par un grand eunuque noir qu'elle suivit au milieu d'une rangée d'esclaves joliment parées jusqu'au salon où l'épouse du grand vizir l'attendait sur l'un des sofas. Âgée d'une cinquantaine d'années, son hôtesse la reçut, vêtue de martre, une fourrure peu adaptée à la saison. Elle l'honora en se levant pour l'accueillir.

Mary fut surprise de voir qu'il n'y avait ni faste ni beaux meubles dans cette grande demeure. Depuis ses plaisirs viennois, elle s'était habituée à la splendeur des réceptions données en son honneur. Comme elle s'était mise à l'étude du turc, elle prononça quelques mots dans cette langue, ce qui lui valut des sourires de sympathie.

– C'est pour moi, Madame, lui dit Hafiza, un honneur que de vous recevoir. Vous pardonnerez la modestie de mon accueil, mais le grand vizir et moi-même avons renoncé depuis longtemps aux plaisirs de ce monde. Mon époux refuse tout présent dans l'exercice de ses fonctions et nous passons la plus grande partie de notre temps en prières ou à nous consacrer à des charités.

La simplicité de ses propos plut à Mary qui se contenta de répondre par un hochement de tête approbateur.

Peu de temps après, on vint leur servir un souper. Alors qu'elle s'attendait à des mets raffinés et à de suaves pâtisseries, comme ceux qu'elle avait savourés chez l'effendi, on leur servit des rôtis trop cuits et des ragoûts accompagnés de sauces relevées à la mode turque qu'elle n'appréciait guère, mais auxquels elle s'efforça de faire honneur.

Si leur relation se réduisait à un échange de silences et de petits sourires, Mary se montrait enjouée afin de faire bonne impression à son hôtesse. Alors qu'on s'apprêtait à servir le café, elle osa s'adresser à elle avec l'aide de Salia.

– Madame, comme vous le savez, je suis depuis peu de temps dans l'empire, mais mon mari et moi en admirons l'éclat et le raffinement. Nous pensons que la meilleure façon de combattre les préjugés est d'avoir la curiosité de comprendre ce qui a fait l'histoire d'un grand pays comme le vôtre. Pourriez-vous m'éclairer sur un point qui me surprend ?

Sa demande toucha Hafiza.

– Je ne suis qu'une humble personne, répondit-elle, mais, si je peux vous aider, je le ferai de bon cœur.

– Lorsque je compare nos deux pays, reprit Mary, je suis surprise par votre système dynastique si différent du nôtre. Ce qui m'étonne, c'est que le sultan ne prenne pas d'épouse venant d'un lignage noble, mais en choisisse une parmi les femmes de son harem, qui sont toutes des esclaves ! Ceci me semblerait inconcevable en Europe où les alliances se font entre les membres des monarchies régnantes. Certes, nos rois ont des favorites, qui peuvent ne pas appartenir à la noblesse, mais jamais ils ne les prennent pour épouses !

Hafiza restant silencieuse, Mary se demanda si la question qu'elle venait de lui poser n'était pas impertinente.

– Il n'en a pas été toujours ainsi, finit-elle par répondre. Au début de l'empire, les sultans ont conclu des mariages avec des princesses chrétiennes ou musulmanes pour des raisons diplomatiques ou à la suite de guerres, mais ce système d'alliances a été abandonné depuis longtemps.

Mary l'ayant remerciée, Hafiza s'expliqua plus longuement :

– En prenant pour concubines des esclaves, des femmes dont la condition ne leur autorise aucune ambition, nos sultans ont permis à la dynastie ottomane de garder sa suprématie depuis plus de quatre cents ans. En Turquie, comme vous avez pu le remarquer, ce n'est pas la naissance qui mène aux grandes places. Un esclave peut s'élever aux plus hautes fonctions de l'empire par son seul mérite et ses talents.

– Si je comprends bien, reprit Mary après qu'on lui eut présenté des parfums en marque de considération, c'est le cas pour ces jeunes hommes éduqués au palais qui gravissent ensuite les échelons du pouvoir selon leurs mérites. Mais, qu'en est-il pour ces femmes qui n'ont d'autre souci que de plaire à leur maître et de lui donner un fils ?

– Elles aussi peuvent accéder à la plus haute place dans le palais impérial, celle de reine mère, mais seulement si leur fils parvient à monter sur le trône ! Beaucoup d'autres détiennent des postes importants dans l'administration du harem. Les princesses, filles du Padicha, ou même des concubines sont données en mariage à des hauts dignitaires de l'empire.

Mary essayait de comprendre ce qui se passait vraiment. Si elle était étonnée par la différence entre le sort réservé aux femmes du harem et celui des hommes, elle jugea plus prudent de s'en tenir là afin de ne pas commettre d'erreurs.

Après avoir remercié son hôtesse, elle lui exprima sa reconnaissance pour une réponse qui semblait la satisfaire.

À la suite de cet échange, de jeunes esclaves vinrent répandre des parfums si forts qu'ils empêchaient presque de respirer. Ensuite, elles se mirent à danser et à jouer de divers instruments. Ennuyée par leurs danses qu'elle jugeait languissantes et sans charme, Mary fit comprendre à Salia que le moment de se retirer était venu.

En sortant, l'interprète lui demanda de lui faire part de ses impressions.

– Hafiza est une grande dame, répondit Mary spontanément. Elle m'a parlé avec simplicité et j'ai apprécié la gentillesse de son accueil. J'espère qu'elle n'a pas été gênée par mes questions.

– Votre charme et vos sourires l'ont mise en confiance. Je pense qu'elle a surtout apprécié l'intérêt que vous portez à notre pays.

Mary poussa un soupir de soulagement.

– Vous me rassurez car j'avais vraiment peur de l'avoir troublée !

– Pas le moins du monde ! Vous avez su l'écouter avec finesse. Je crois qu'elle a été impressionnée d'apprendre que vous avez commencé à étudier le turc.

Mary fut fière et heureuse d'entendre cette remarque.

– N'oubliez pas que je désire vivre dans le pays comme une vraie Ottomane !

– C'est tout à votre honneur, lui répondit Salia, car la plupart des étrangères n'ont pas votre ouverture d'esprit. Elles méprisent souvent tout ce qui leur paraît nouveau ou différent de leur monde.

CHAPITRE 16
LA BELLE FATIMA

Mary avait été enchantée par sa visite à l'épouse du grand vizir. Aussi désira-t-elle multiplier rapidement ce genre d'expérience avec d'autres femmes turques de la haute société.

Salia, qui appréciait son ouverture d'esprit, lui recommanda de rencontrer Fatima.

– Qui est-ce ?

– C'est l'épouse du *kiahia*, le bras droit de Mustafa Effendi, le vizir chargé de la Trésorerie, un personnage très important. Fatima est une personne exceptionnelle, d'une grande finesse. Comme vous, elle s'intéresse aux mœurs des autres pays. Si vous la rencontriez, vous verriez la différence existant entre une jeune beauté et une vieille dévote. Et vous passeriez un moment très agréable en sa compagnie.

– Je serais enchantée de la rencontrer ! Depuis que j'observe la vie des dames turques, elles me semblent plus libres que les anglaises. On dirait que le voile les libère du regard des autres, puisque personne ne peut distinguer une grande dame de sa demoiselle d'honneur. Ce serait bien, ajouta Mary en souriant, si je pouvais, moi aussi, me promener dans les rues de Londres sans que personne ne puisse me reconnaître !

– Cette visite devrait vous permettre de percevoir combien l'accueil est chaleureux dans notre pays !

– Vous m'en voyez ravie ! Je vais m'empresser d'en parler à monsieur Wortley afin qu'il puisse accomplir les démarches protocolaires pour que nous soyons reçues par cette grande dame.

Quelques jours plus tard, alors que le soleil était presque à son zénith, Mary et son interprète remontaient en calèche la grande allée bordée de magnifiques palmiers qui conduisait à la demeure de Fatima.

À l'entrée de la demeure, on leur fit traverser une galerie entre des jeunes beautés souriantes, vêtues de damas brodés d'argent. Elles furent ensuite conduites dans un pavillon plus intime où les fenêtres entrouvertes laissaient pénétrer le parfum des fleurs.

Fatima attendait son invitée sur un sofa couvert de magnifiques tapis persans. Elle se leva pour la recevoir, la main sur le cœur, d'une manière pleine de noblesse. Elle avait à ses côtés deux jeunes esclaves qui agitaient un éventail en plumes de paon pour la rafraîchir. Son caftan était incrusté d'argent et sa gorge couverte de gaze laissait deviner la finesse de sa peau. Sa chemise était fermée par un beau diamant et son cou était orné d'émeraudes.

Mary était très impressionnée de se retrouver là. Son émotion alla jusqu'à lui faire oublier les expressions turques qu'elle avait apprises pour la saluer.

Son interprète lui glissa à l'oreille :

– On vient de m'annoncer qu'un spectacle a été conçu pour vous faire honneur et vous divertir.

– Je me réjouis de cette bonne nouvelle !

Peu après, de jeunes esclaves apparurent qui se mirent à danser et à jouer d'une sorte de guitare. Mary était touchée par leur voix et la grâce infinie de leurs mouvements. Tandis que d'autres encensaient la pièce avec des parfums d'ambre, elle s'émerveillait de la beauté de Fatima, qui avait de grands yeux noirs et le plus beau teint du monde. Après l'avoir bien observée, elle se dit que la plus froide des prudes ne pourrait être insensible à ses charmes.

L'après-midi se déroula dans une atmosphère pleine d'allégresse.

Les danses durèrent longtemps et Mary fut déçue quand elles prirent fin. On vint alors leur servir du café. Quand la musique se radoucit, Fatima se pencha vers elle.

– Belle sultane, lui dit-elle en lui caressant la main. Vous ne pouvez imaginer combien votre visite m'honore et me fait plaisir. Je vous demande votre amitié, tout en regrettant de ne pas pouvoir parler votre langue.

Salia traduisit ses propos.

– Je n'ai jamais vu, en Europe, une manière aussi exquise de recevoir ses invités, répondit Mary avec les quelques mots turcs qu'elle avait appris pour lui plaire.

En fin d'après-midi, on lui présenta des mouchoirs

brodés dans une corbeille d'argent. Fatima choisit le plus beau d'entre eux, représentant un bouquet de tulipes bordé d'or, qu'elle remit à son invitée en lui disant d'une voix douce :

– Vous le porterez en souvenir de notre rencontre.

– Votre marque d'amitié est un grand honneur pour moi, répondit Mary, les joues rosies par l'émotion.

Après bien des hésitations, elle osa lui faire demander s'il était vrai, comme le rapportaient certains voyageurs, que dans son harem le sultan jetait un mouchoir à la femme qu'il souhaitait voir partager sa couche ?

– Ceci n'est pas juste, répondit Fatima. Nous autres, Orientaux, aimons donner à ceux que nous voulons honorer un mouchoir brodé, comme celui que je viens de vous offrir. Le sultan, lui, ne jette pas de mouchoir. Il fait remettre, par l'intendante du harem, à celle qu'il a choisi d'honorer, un envoi qu'on appelle *bocshâh* qui contient des vêtements de femme et des mouchoirs brodés. L'heureuse élue est ensuite conduite aux bains où l'on parfume son corps et ses cheveux. Elle est alors fêtée par ses compagnes qui essayent tant bien que mal de cacher leur jalousie ! Le moment où elle est présentée à Sa Majesté est vraiment émouvant, mais comme le sultan n'est pas à un caprice près, il peut la renvoyer au harem sans explication, au cas où il aurait croisé sur son chemin une belle plus attirante…

Mary murmura à son interprète :

– Voilà ce qui a laissé croire aux voyageurs mal instruits que le Grand Seigneur jetait un mouchoir à l'une de ses femmes, et cela est passé en Europe pour un article de foi !

Se sentant en confiance, elle osa demander à Fatima si le sultan avait autant d'épouses qu'on le disait.

– Le Grand Seigneur est le maître du monde et peut avoir autant de concubines qu'il le souhaite, mais sa favorite, qu'on appelle *haseki*, devient rarement une épouse officielle. Elle dispose d'appartements privés, d'un traitement généreux et d'un grand nombre d'esclaves.

C'est la mère du sultan, la sultane validé, qui est à la tête du harem. Elle occupe un poste prestigieux et peut s'appuyer sur le chef des eunuques noirs chargés de garder le harem du palais impérial. Celui-ci est à la fois proche du Grand Seigneur et de la sultane validé. Il a la prééminence sur l'agha des eunuques blancs qui gardent le harem où se trouvent les adolescents, les jeunes garçons, les nains et les *dilsiz*.

– Les *dilsiz* ? De qui voulez-vous parler ?

– Des esclaves sourds et muets qui ont créé un langage de signes pour se faire comprendre. Tout le monde le pratique au palais, le respect exigeant que l'on garde toujours le silence en présence du Grand Seigneur. Comme ces êtres sont sourds et muets, ils ne peuvent révéler leurs secrets à personne.

– Ce doit être dur pour eux, non ?

– Ils n'expriment rien ! Ils sont utiles à Sa Majesté lorsqu'elle ordonne d'éliminer des dignitaires ou certains de ses proches qui pourraient lui nuire.

Peu après, des esclaves vinrent leur apporter un narghilé. Mary s'en étonna :

– J'ignorais que les femmes soient autorisées à fumer !

Sa remarque amusa Fatima.

– On raconte que ce sont elles qui auraient inventé cette pipe à eau, car elles voulaient fumer, mais sans se tacher les doigts et souhaitaient surtout éviter d'abîmer leurs beaux vêtements avec de la cendre !

À la fin de l'après-midi, en sortant du palais, l'Anglaise avait l'impression d'avoir « passé un moment dans le paradis de Mahomet », comme elle l'écrivit plus tard. Elle éprouvait curieusement un sentiment de liberté, en pensant que finalement, la vie pouvait être belle pour ces jeunes femmes.

En rentrant le soir, elle fut frappée par l'air soucieux de son mari et lui en demanda les raisons.

– J'ai pu obtenir une audience d'Ibrahim Pacha. Après avoir passé plus d'une heure avec lui, je l'ai quitté sans avoir l'impression d'être plus avancé dans nos affaires !

– N'est-ce pas là une manière de se conduire en Orient, où il faut savoir prendre son temps ?

– Peut-être ! Mais je crains que le cérémonial de nos entretiens ne nous fasse perdre des journées précieuses ! Le pacha est un homme fort courtois, qui m'a invité à m'asseoir à ses côtés sur le sofa. Une fois que le Maître des Saluts a prononcé la prière d'usage, il a fait sortir les gens de ma suite, sauf Hefferman et l'interprète.

– Cette intimité est-elle destinée à favoriser l'échange des idées ?

– Malheureusement non, car une grande partie du temps se passe en compliments et autres gracieusetés. Il m'a fallu aussi respecter le cérémonial du tabac. On lui a apporté une grande pipe qu'il a longuement fumée en silence, avant de m'en proposer une.

– Et comment avez-vous réagi, vous qui n'appréciez guère cet usage ?

– Je l'ai acceptée bien sûr. Fumer avec cet important personnage est un honneur que je ne pouvais refuser. Et ce n'est pas tout… Une fois l'audience terminée, le pacha a fait distribuer des caftans de couleur aux gens de ma suite qui ont dû les revêtir pour sortir du palais. On nous avait prévenus que, caché derrière une fenêtre, il voulait juger de lui-même de l'effet de ses présents sur ses visiteurs. Comme vous pouvez le voir, parfois ces puissants personnages se conduisent comme des enfants !

– C'est pourquoi ils ont sans doute besoin de femmes pour les guider, fit Mary.

Son époux ricana.

– Je crains que ce ne soit pas le cas ici où les femmes n'ont aucun pouvoir et sont enfermées dans un harem.

– C'est ce que je pensais en arrivant, mais au lieu de la réclusion où j'imaginais voir languir toutes les dames, je les ai vues courir ici et là dans leurs voiles du matin au soir.

– Le Prophète Mahomet aurait dit qu'un peuple qui confie ses affaires à une femme ne connaîtrait jamais la prospérité !

– Si j'ai bien compris, ces médisances viennent plutôt des imams et des muftis, rétorqua Mary. Les religieux se sont toujours opposés à une trop grande influence des femmes sur la politique, car ils l'envisagent comme une menace sur leur propre autorité.

Après une courte réflexion, elle ajouta :

– Je me suis rendu compte que ce n'était pas leur confinement dans le harem qui empêchait les femmes d'exercer une forme de pouvoir, en particulier sur les plus jeunes. On m'a dit que la mère du sultan possède une grande influence sur son fils, qu'elle acquiert en s'assurant qu'il reste en vie jusqu'à son accession au trône, quand il peut être soupçonné par son père ou une autre personne de son entourage de vouloir prendre sa place. Quand il devient sultan à son tour, elle continue à le conseiller. À la tête du harem impérial, elle assure la continuité de la famille royale et peut même exercer la régence si besoin est.

Son époux esquissa un sourire.

– Les confidences que l'on vous fait viennent certainement de personnes estimables mais je dois vous dire qu'ici je n'ai affaire qu'à des hommes. C'est une société dont j'apprécie le raffinement, mais qui reste despotique et patriarcale. Je peux vous assurer que vous n'auriez pas ici la liberté et les droits dont vous pouvez bénéficier en Angleterre !

– Détrompez-vous ! Les femmes haut placées et les plus âgées ont une grande autorité, y compris sur les jeunes hommes de leur famille. Quels que soient leur statut et leur richesse, elles peuvent se faire connaître et respecter partout dans l'empire, notamment en finançant des bonnes œuvres. On dit que la loi islamique leur donne des droits qu'elles peuvent faire respecter en justice, notamment sur la dot fournie par le mari, sur l'héritage de proches ou en cas de divorce. Ce serait bien si nous pouvions nous aussi bénéficier de tels avantages dans notre pays !

Sur ces mots, Mary resta pensive. L'Orient était décidément beaucoup plus mystérieux que les récits des voyageurs le laissaient entendre. Elle était fière et heureuse de tout ce qu'elle avait déjà appris. Et elle n'avait maintenant qu'une idée en tête : creuser ce mystère pour l'expliquer et le dévoiler en Europe.

CHAPITRE 17
DÉPART POUR CONSTANTINOPLE

Conscient qu'il lui fallait rapidement prévenir une reprise des hostilités, Edward Wortley rivalisa avec l'ambassadeur de France pour obtenir des audiences avec Ibrahim Pacha. Les préparatifs du prince Eugène pour assiéger Belgrade terrorisaient les Turcs, car une partie de leurs troupes n'était pas encore rentrée d'Asie.

Les Ottomans semblaient prêts à négocier à condition que la place de Temesvar leur soit rendue, car ils craignaient que sa perte n'entraîne une révolte et la déposition du sultan.

C'est en ces termes que Wortley rédigea une proposition d'accord qu'il envoya à Vienne au prince Eugène, et à Londres, où son ami Joseph Addison venait d'être nommé Secrétaire d'État. Il insistait sur l'urgence de convoquer une conférence de paix sur la base du principe *Uti possidetis*, selon lequel chaque partie garderait les territoires conquis au moment des négociations.

Inquiet d'apprendre que le sultan partait à la tête de son armée pour défendre Belgrade, l'ambassadeur laissait entendre qu'un nouveau grand vizir pourrait changer les termes de l'entente proposée, car les Turcs avaient toutes les ressources nécessaires pour poursuivre la guerre.

Hefferman l'ayant averti que la transmission du courrier était lente et incertaine, Wortley avait dû financer sur ses propres deniers un courrier privé pour Vienne. La voie par mer était dangereuse en raison des pirates et la route par Belgrade était tout aussi hasardeuse, car les agents du gouvernement impérial avaient l'habitude d'ouvrir les lettres et de les détruire si elles étaient codées.

Mary tint à se lever à l'aube pour assister au départ du sultan. Bien qu'inquiète des menaces de guerre, elle désirait profiter d'un spectacle révélateur de la splendeur ottomane. La cérémonie à laquelle elle assista dura plusieurs heures et lui parut aussi grandiose qu'imposante.

Ahmet III chevauchait entre deux haies de gardes à pied dont les panaches s'élevaient assez haut pour le dérober aux regards. Derrière lui, les principaux officiers du palais portaient son cimeterre, les emblèmes et les reliques de l'islam, les *thous*, des queues de cheval blanches, signe de ralliement et d'encouragement dans les batailles, des étendards illustrés d'inscriptions, sans oublier le manteau du Prophète, le Coran, et les insignes de commandant en chef de l'armée. Venaient ensuite les chasseurs et leurs fauves, les fauconniers, oiseaux de proie au poing, et des gardes portant six longs sacs de maroquin rouge remplis de baguettes pour faire donner la bastonnade aux indisciplinés.

Mary remarqua tout particulièrement la population du

sérail qui s'était parée d'armes précieuses. En revanche, elle trouva que les eunuques blancs et noirs, qui défilaient casqués et en cotte de mailles au son d'une musique guerrière, ressemblaient plus à des femmes déguisées pour courir les bals qu'à des hommes partant à la guerre.

Satisfait d'avoir soumis aux deux parties les termes d'un accord qu'il jugeait raisonnable, son mari décida de rejoindre Constantinople pour attendre la réponse de l'empereur à ses propositions.

Les Wortley étaient restés seulement quelques semaines à Andrinople. Mary, qui y avait vécu des moments très agréables, quittait la ville avec nostalgie. Elle se demandait pourquoi les femmes de son pays n'avaient pas cette simplicité charmante et passaient leur temps à créer des histoires entre elles, le plus souvent par jalousie. Si elle devait retourner un jour à Londres, elle se promettait de chercher à imiter l'élégance des Ottomanes.

Le Grand Seigneur leur avait donné trente chariots pour le transport de leur bagage et cinq voitures pour leur suite. Assise dans une berline découverte où les valets de pied étaient assis à l'arrière, Mary était heureuse que le soleil ait commencé à atténuer les vilaines traces que la variole avait laissées sur sa peau. Elle voyageait en compagnie d'un interprète qu'elle ne cessait d'interroger pour recueillir toutes sortes de renseignements et compléter son journal de voyage.

Quand leur convoi croisa en route un détachement de cavaliers vêtus de burnous aux couleurs éclatantes qui s'affairaient à dresser leur bivouac dans un champ d'amandiers, Mary, inquiète de trouver tant d'embarras sur son chemin, demanda à son interprète qui étaient ces gens-là.

– Ce sont des équipages de *spahis* qui viennent d'Asie pour rejoindre l'armée du sultan. Ils vont dormir sous la tente. Ils en ont de magnifiques. C'est également dans l'une d'elles que nous allons nous reposer ce soir.

Mary fit demander au cocher de rejoindre la voiture de son époux. Quand ils se retrouvèrent, elle lui lança :

– Mon ami, je ne me vois pas passer la nuit au milieu de cette soldatesque !

Wortley lui adressa un sourire amusé.

– Vous n'avez pas à vous inquiéter ! Il est prévu que nous dormions à Ciorlu, un sérail construit pour le sultan quand il emprunte cette route.

Ils s'arrêtèrent un peu plus loin devant un joli petit palais à l'abri de grands murs. Après s'être installée avec son fils dans l'un des appartements destinés aux dames de la Cour, elle se réjouit de passer une nuit de sommeil à la chaleur d'un brasero. Quand elle remarqua que des voyageurs avaient gravé des distiques sur les murs pour marquer leur passage, elle demanda à son interprète de lui traduire l'un d'eux.

« Nous naissons dans ce monde, y logeons, et nous en allons ; lui ne part jamais qui a trouvé à habiter mon cœur. »

Ces mots émurent Mary qui s'empressa de les noter sur son carnet. Le soir, il y eut un spectacle avec des musiciens et des conteurs. La nuit de mai était si claire que les étoiles suffisaient à éclairer les visages. Son interprète lui confia une citation charmante d'Avicenne où celui-ci disait que le pouls de l'univers brillait derrière les étoiles.

Le lendemain, ils reprirent la route de bonne heure.

Le soir, ils dormirent dans un couvent de moines qui appartenait à un maître d'école pour garçons. Ce personnage original amusa Mary quand elle apprit qu'il vivait au sommet d'un très grand cyprès, tandis que sa femme et ses enfants dormaient en dessous, sur une sorte de plateforme qu'il leur avait construite.

Après avoir roulé pendant plusieurs jours le long de la mer de Marmara, les Wortley arrivèrent à Constantinople à la fin du mois de mai.

Toutes les richesses du monde transitaient par cette ville qui avait le privilège d'être au confluent de l'Europe et de l'Asie. Les soieries de Chine et les épices des Indes venaient par la mer Noire, tandis que par la mer de Marmara arrivaient les marchandises d'Égypte, le café du Yémen, les miroirs de Venise ou l'or d'Abyssinie.

Mary était émerveillée par ce qu'elle découvrait, mais elle n'avait en réalité qu'une idée en tête : étudier, à l'insu de son mari qui ne voulait pas en entendre parler, la méthode d'inoculation contre la variole pour en faire profiter son fils, après s'être assurée qu'elle était sans danger. Elle avait entendu dire qu'il existait une « variolisation préventive ». Il s'agissait de manipuler du pus de varioleux et de provoquer la variole chez un sujet valide. En Angleterre, personne n'y songeait.

CHAPITRE 18

PERA ET LE VILLAGE DE BELGRAT

Wortley avait loué un petit palais sur la colline de Pera où étaient regroupées les ambassades européennes. Comme il était fort économe, il avait renoncé à faire des dépenses pour l'aménager. Néanmoins, pour lui permettre de disposer d'un train digne de son rang, il avait engagé un secrétaire, un trésorier, des interprètes, des scribes et une garde de janissaires.

Dès leur arrivée, Mary sortit sur la terrasse pour découvrir la Corne d'Or et le Bosphore qui se déployait devant elle, calme et étincelant comme un miroir. Elle était séduite par la beauté du lieu et impressionnée par l'opulence des mosquées qui dominaient la ville de leur splendeur.

On lui avait dit que les nuits de ramadan, des lampes colorées, suspendues à des cordes, dessinaient des signes à la gloire de Dieu de minaret en minaret. Elle rêvait d'une excursion sur la rive asiatique, mais son époux la lui refusa par crainte de mauvaises rencontres.

Pourtant, on l'avait prévenue que les étrangers étaient bien reçus dans le pays, s'ils évitaient de parler de politique, de religion et ne s'approchaient pas des femmes.

Elle reprit sa plume pour répondre aux lettres qu'elle avait reçues de sa famille et de ses amis. Celles d'Alexander Pope, son éternel soupirant, étaient datées du mois de février. Il avait fallu près de quatre mois pour que le courrier accomplisse le trajet de Londres à Constantinople.

Elle continuait à correspondre avec l'abbé Conti, dont elle appréciait les pensées stimulantes. Alors qu'elle poursuivait son étude de la religion de Mahomet, elle lui rapporta une curieuse coutume locale : « Si un mari répudie sa femme trois fois, il ne lui est permis de la reprendre que lorsqu'elle aura épousé un autre mari, et que celui-ci l'aura répudiée à son tour. »

Cette pratique lui était incompréhensible. D'après ce qu'elle savait, le Prophète ne refusait pas une âme aux femmes, mais il la supposait d'une substance inférieure à celle des hommes. Et elles n'étaient pas admises dans le même paradis. Cette discrimination lui paraissait étonnante.

À peine installés, les Wortley furent contraints de quitter la ville à cause des fortes chaleurs et des rumeurs de peste pour se rendre dans le village de Belgrat, à une vingtaine de kilomètres au nord de Constantinople.

Mary était ennuyée de s'éloigner de la grande ville car cela contrariait son projet de faire inoculer son fils contre la variole. Néanmoins, elle apprécia le charme du village de Belgrat qu'elle jugeait enchanteur. Il était situé sur la rive européenne de la Turquie et la vue s'étendait jusqu'à la mer Noire dont la proximité procurait une agréable fraîcheur. Nombreux étaient ceux qui venaient se baigner dans des eaux à qui l'on prêtait des vertus guérisseuses.

La petite famille s'installa dans une charmante demeure, au milieu d'un bois planté d'arbres fruitiers. Les ruisseaux qui descendaient des collines alimentaient des citernes, les Turcs ayant besoin d'une grande quantité d'eau pour leurs ablutions.

Mary rapporta à ses amis qu'on chantait et dansait jusqu'au coucher du soleil autour de la fontaine où les femmes paraissaient ressembler à des nymphes antiques. Elle disait profiter de ces instants de légèreté dans le calme et l'insouciance.

« Je fais de mon mieux, écrivit-elle à Pope, pour me persuader que ma vie est plus agréablement variée que la vôtre : lundi, une partie de chasse ; mardi, lecture anglaise ; mercredi, étude de la langue turque, que, pour le dire en passant, je commence à entendre assez bien ; jeudi, ce sont les auteurs classiques ; vendredi, jour des dépêches ; samedi, les ouvrages à l'aiguille ; dimanche, les visites et le concert. »

Elle s'amusait du décalage qu'il y avait entre sa nouvelle vie et l'idée qu'en avaient ses amies.

À Lady Rich, qui lui avait demandé de lui acheter une esclave grecque possédant tous les talents, Mary avait dû expliquer que les Grecques n'étaient pas les esclaves du Grand Seigneur, mais ses sujets. Elle lui révéla que celles des grandes dames étaient achetées toutes jeunes. Les plus célèbres venaient de Circassie. Considérées comme les plus belles femmes au monde, elles étaient très recherchées et semblaient plutôt destinées aux plaisirs de leurs époux.

Une autre lui avait demandé du baume de La Mecque qu'on trouvait en très petite quantité. Celui-ci était censé faire des miracles, mais après que Mary l'avait essayé sur sa peau, son visage était devenu tout boursouflé.

La douceur de vivre qui régnait à Belgrat avait créé une ambiance favorable au rapprochement de Mary avec son époux. Elle n'avait pas pris au sérieux les remarques de Madeleine de Bonnac sur la nécessité d'enfanter, mais craignait d'avoir à s'y résoudre. En Turquie, on vantait les femmes lorsqu'elles accouchaient, car c'était pour elles une façon de proclamer leur jeunesse, alors qu'elles étaient déshonorées si elles restaient stériles.

On ignore si ces discours influencèrent Mary, mais, peu de temps après, elle écrivit à sa sœur qu'elle était « enceinte, moins par amour que par nécessité ».

Wortley, lui, s'impatientait de ne pas avoir reçu de réponse aux propositions qu'il avait adressées à l'empereur. En réalité, celles-ci avaient été jugées si incongrues à Vienne qu'on n'avait pas trouvé utile d'y répondre. On se demandait comment il avait pu laisser entendre aux Turcs que l'empereur désirait la paix, alors qu'on l'avait instruit du contraire lors de son passage dans la capitale autrichienne. Les Impériaux et le prince Eugène ne souhaitaient pas de médiation et certainement pas avant d'avoir conquis Belgrade dont ils préparaient le siège.

Stanyan, le représentant de l'Angleterre à Vienne, qui convoitait son poste, avait fait part à Londres des réactions négatives des Autrichiens et de la manière maladroite dont, selon lui, Wortley menait sa mission.

Il insinuait que Lady Mary, dont on disait qu'elle tenait

les Turcs en haute estime, poussait son mari à les favoriser. À Vienne, on soupçonnait « qu'après avoir eu l'intention de faire la conquête du prince Eugène, elle avait maintenant trouvé un plus bel homme en la personne du favori du Grand Seigneur qui l'avait acquise aux intérêts turcs ».

Mary ignorait les médisances qui la concernaient. Elle était heureuse et s'imaginait que les mois à venir allaient lui permettre de faire de nouvelles découvertes. Il ne semblait pas y avoir d'ombre à son bonheur.

CHAPITRE 19
LA CHUTE DE BELGRADE

Vers la fin du mois d'août, alors qu'elle revenait d'une promenade avec son fils dans les bois pour profiter de la fraîcheur, Mary s'étonna de l'animation qui régnait devant leur maison où un groupe de janissaires était en grande discussion. Apercevant son mari qui allait et venait avec l'air soucieux, elle s'approcha de lui.

– Mon ami, que se passe-t-il ? Pouvez-vous me dire ce que signifie toute cette agitation ?

– Je viens de recevoir un message d'Hefferman, annonça-t-il d'une voix grave. Il m'annonce que le prince Eugène qui assiégeait Belgrade depuis le mois de juin a mis en déroute l'armée turque qui avait été envoyée en renfort et s'est emparé de la ville à la mi-août. Cette défaite a entraîné une grave crise politique à la Sublime Porte. Il me faut retourner d'urgence à Constantinople pour reprendre mon rôle de médiateur.

L'annonce inquiéta son épouse. Sa première pensée fut pour Ahmet, l'effendi qui l'avait si bien reçue à Belgrade.

Qu'était-il devenu ? Était-il toujours en vie ou enseveli sous les décombres de son palais ? Elle se souvenait avec émotion de leurs discussions, du charme de leur relation et de son initiation à l'islam qui lui avaient évité bien des préjugés. Elle lui serait toujours reconnaissante de l'avoir préparée avec autant d'intelligence que de délicatesse à la découverte de l'Orient.

Tandis que Wortley regagnait Constantinople à la hâte, Mary, bouleversée par ce qui leur arrivait, se préparait à quitter Belgrat et sa douceur de vivre. Elle était sombre et anxieuse. Pour elle, s'ouvrait maintenant une lourde période d'incertitude.

Après la chute de Belgrade, Stanyan avait informé Lord Sutherland que le moment était favorable pour entamer des négociations de paix et qu'il avait, contrairement à Wortley, toute la confiance des Autrichiens pour les mener.

Charles VI avait demandé qu'il soit mis fin à la mission de celui-ci, qu'il accusait d'avoir pris le parti des Turcs en les encourageant à poursuivre les hostilités.

À la mi-septembre, la décision fut prise à Londres de rappeler Wortley et de confier son poste à Stanyan, qui conduirait désormais les négociations avec Lord Sutton, l'ancien ambassadeur à la Sublime Porte, une personnalité respectée par les deux parties. C'est son ami Joseph Addison, alors ministre des Affaires étrangères, qui informa la Compagnie du Levant du rappel de Wortley à Londres.

Ce dernier, qui ignorait encore les dispositions qui avaient été prises à son égard, était persuadé d'avoir la confiance des

Turcs et d'être le seul capable de pouvoir faire aboutir des négociations de paix.

Après une longue entrevue avec Ibrahim Pacha, il se rendit au camp du grand vizir près de Sofia où il fut reçu en grande pompe. Là, fut rédigée une nouvelle proposition de paix qui incluait la perte de Belgrade.

Elle ne parvint pas à Vienne, car Hefferman, chargé de la remettre à l'empereur, avait été retenu en quarantaine à Belgrade, sur ordre de Stanyan qui attendait ses lettres de créance de Londres.

Wortley ignorait que son départ était déjà organisé et que l'amirauté avait prévu d'envoyer *Le Preston* pour son retour en Angleterre avec sa famille.

Ce ne fut qu'au début du mois de novembre que la Compagnie du Levant l'informa de son rappel. Dans sa réponse à Addison, qui avait pris la peine de lui adresser une lettre personnelle pour lui expliquer les raisons de son rapatriement et lui affirmer qu'il avait toujours la confiance du roi et bien entendu la promesse d'un poste à son retour à Londres, Wortley fit valoir qu'il restait le meilleur médiateur en raison du crédit que lui accordaient les Turcs.

Il écrivit ensuite au prince Eugène pour lui demander d'intervenir auprès du roi George afin qu'il soit présent à la table des négociations, puisque finalement la paix se ferait sur la base du principe *Uti possidetis*, comme il l'avait proposé.

Wortley aurait dû comprendre, lors de son passage à Vienne, que les Autrichiens n'avaient aucune intention de négocier la paix tant qu'ils n'auraient pas repris Belgrade.

Dans le kiosque de son jardin à Pera, Lady Mary venait d'achever un poème adressé à son oncle Fielding, une méditation sur les cycles de la nature dans laquelle elle réalisait ses rêves de retraite pastorale.

Elle était enceinte et ignorait tout des maladresses de son époux. Elle l'avait à peine entrevu depuis le mois de septembre. Pourtant, début novembre, des rumeurs venant de la Compagnie du Levant et des ambassades de France et de Hollande l'avaient avertie du rappel d'Edward et de l'échec de sa mission. Elle n'y avait pas prêté attention, car ce dernier continuait à l'assurer, lors de ses rares et courtes visites, qu'elle n'avait rien à craindre puisque ses propositions de paix étaient bien reçues par les deux parties.

Ce n'est qu'à la fin du mois de janvier, alors que l'arrivée de Stanyan, le nouvel ambassadeur à Andrinople était proche, qu'il lui annonça la fin de sa mission et, plus grave, leur retour en Angleterre prévu pour le début du mois de juillet.

La nouvelle consterna Mary qui se cacha pour pleurer. Cette fin humiliante était certes due à l'échec personnel de son mari qui était naïf et sans expérience, mais elle ne pouvait ignorer que, dans les conseils qu'elle n'avait cessé de lui prodiguer, elle l'avait, sans le vouloir, encouragé à favoriser les Turcs.

Elle s'efforçait de le soutenir en restant charmante et stoïque afin de lui éviter de souffrir davantage de ses déboires diplomatiques. Tout en cachant son désarroi, elle se désolait de voir s'évanouir ses rêves d'Orient et ne songeait plus qu'à profiter au mieux du temps qui lui restait à vivre dans ce merveilleux pays.

CHAPITRE 20
LA SULTANE HAFIZA

À la mi-février, presque toujours seule comme elle l'avait été pendant plusieurs mois, Lady Mary accoucha d'une petite Mary, sous la surveillance du docteur Timoni. L'enfant eut pour parrains les époux Bonnac.

Consciente que le temps en Turquie lui était compté, Mary resta alitée seulement trois semaines au lieu de quatre, comme prévu. Une fois debout, elle retrouva rapidement sa taille et son allant, tout en poursuivant son étude du turc, au point de dire qu'elle en oubliait son anglais !

Si la brutalité de son départ la bouleversait, elle entendait compléter son journal de voyage pour dénoncer « les mensonges des faiseurs de relations » qui inventaient des sottises sur la vie des femmes turques. Elle désirait rétablir la vérité. Elle ne cessait de penser au harem et imaginait que c'était une sorte de serre où épouses et concubines d'un grand personnage passaient leur temps à bavarder en attendant le bon plaisir du maître.

Comme elle était désireuse d'en savoir plus sur un sujet

aussi délicat, elle rendit visite à la sultane Hafiza, qui avait vécu dans le harem impérial. Elle était la favorite de feu l'empereur Mustafa, qui avait été empoisonné.

Mary avait désiré la rencontrer lorsqu'elle avait appris la manière courageuse et subtile dont elle s'était conduite après la mort de son époux qui, déposé par les janissaires, avait abdiqué une quinzaine d'années plus tôt en faveur de son frère, le sultan actuel.

On avait contraint Hafiza à choisir un époux parmi les hauts dignitaires de la Cour. Dans un conte des *Mille et Une Nuits*, l'héroïne aurait profité de cette heureuse proposition, mais Hafiza avait perçu cette offre comme un affront. Elle s'était jetée aux pieds du sultan en le suppliant de lui percer le cœur plutôt que de traiter l'épouse de son frère avec un tel mépris.

– Seigneur, lui avait-elle dit en forçant sur ses larmes, ne croyez-vous pas qu'avoir donné cinq princes à la famille ottomane devrait m'épargner un tel malheur ? J'ai fait vœu à mon mari de ne jamais prendre un autre époux.

Ahmet III n'avait pas prêté attention à ses désirs et n'avait pas daigné lui répondre.

Comme il ne restait à Hafiza qu'une jeune princesse, ses autres enfants étant morts, on lui fit comprendre que cette excuse était sans valeur et on l'obligea à faire un choix.

Elle fut assez subtile pour prendre pour époux un certain Bekir Effendi, un vieillard septuagénaire qui n'avait rien d'attirant, mais à qui elle était reconnaissante de l'avoir présentée à son mari alors qu'elle n'avait que 10 ans.

Son choix fut accepté et Hafiza, qui entendait respecter ses promesses, fit comprendre à son mari qu'il n'avait pas le droit de s'intéresser à ce qui se passait dans ses appartements. Aucun eunuque noir ne la surveillait et chaque fois que son époux désirait la visiter, elle inventait des excuses pour l'en empêcher.

Une relation amicale s'était établie entre eux depuis quinze ans. Hafiza, qui avait maintenant 36 ans, se contentait de vivre heureuse dans l'univers de ses souvenirs.

Mary était fière du privilège qui lui était accordé d'être reçue par une ancienne sultane. Si elle connaissait la frivolité féminine, elle pensait qu'Hafiza donnait l'exemple d'une constance peu commune.

Après avoir été introduite dans un grand salon d'apparat, orné de colonnes en marbre blanc, elle fut invitée à prendre place sur un sofa orné de coussins en velours tissé de fils d'argent. En observant la pièce autour d'elle, elle fut impressionnée de voir que les boiseries les plus fines étaient rehaussées de nacre et les tissus les plus somptueux, brodés de pierres fines.

À sa grande surprise, Hafiza se présenta à son invitée couverte de bijoux, apprêtée comme un reliquaire d'église. Sans doute avait-elle cherché à l'éblouir. Son *doliman* était brodé de perles aussi grosses que des boutons et ses cheveux étaient tressés de pierres précieuses si nombreuses que la visiteuse évalua sa parure à plus de cent mille livres.

Il y avait de l'or partout. Le luxe de la table, couverts, soucoupes, broderies sur les serviettes avec lesquelles il était presque gênant de s'essuyer les mains, s'accordait avec celui des vêtements. On présenta à Mary une telle abondance de plats qu'elle se crut obligée de leur faire honneur tout en redoutant de se trouver mal.

Le repas terminé, et alors qu'on lui servait de l'eau de fleurs d'oranger, elle se tourna vers Hafiza.

– Comme vous le savez sans doute, Madame, dans mon pays et dans le reste de l'Occident, l'évocation du harem donne lieu à des images de volupté comme dans les contes des *Mille et Une Nuits*. Depuis mon arrivée dans le pays, je cherche à en donner une représentation qui corresponde à une réalité dont seule une femme de votre rang peut témoigner.

– Madame, vous êtes la bienvenue. Les personnes de qualité, comme vous, qui cherchent à établir la vérité, ne sont que trop rares et si je puis vous aider, j'en serai honorée.

– Je vous remercie de votre confiance, répondit Mary en s'inclinant. J'aimerais savoir ce qu'il en est des fantasmes entretenus par les récits de voyageurs qui n'ont jamais pu pénétrer au harem.

Après avoir réfléchi un court instant, Hafiza lui parla avec franchise.

– Le harem impérial est celui dans lequel j'ai vécu. Il n'est, pour nous, ni un conte enchanteur ni un lieu de délices. J'ai entendu dire qu'en Occident, on entretenait des idées fausses sur la débauche qui était censée y régner. Je dois vous dire qu'elle y est, au contraire, sévèrement réprimée. Dans le harem impérial, résidence de la famille du Grand Seigneur et des personnes à son service, la vie est très réglementée et la hiérarchie entre les femmes très stricte. En un sens, toutes y sont soumises. Mais comme vous le savez, l'islam interdit l'esclavage pour les fidèles du Prophète. Dans un harem, il n'y a donc pas d'esclaves d'origine turque ou musulmane.

– Mais d'où proviennent-elles alors ?

– La plupart sont de jeunes chrétiennes, des prises de guerre ou des dons de dignitaires en poste dans les pays conquis, comme la Circassie ou le Caucase. Au harem, qui est sous la direction de l'intendante des femmes, elles sont converties à l'islam et éduquées en fonction de leurs aptitudes. C'est souvent une ancienne favorite qui a la confiance du Padicha. La discipline y est très stricte et elles ont peu de temps à consacrer aux loisirs. Elles apprennent la couture, la broderie, et des arts comme la musique, la poésie ou la danse pour les plus qualifiées. On les forme également aux usages de la Cour et souvent à un service particulier auprès du sultan. C'est ainsi qu'elles peuvent se faire remarquer pour leurs talents.

Hafiza sourit avant d'ajouter :

– Comme je vous l'ai dit, la hiérarchie est stricte. Tout en bas de l'échelle, vous avez les novices, de très jeunes esclaves. Certaines pourront, grâce à leur formation et à leur talent, prétendre à devenir concubine ou à avoir un poste important dans l'administration du harem. Naturellement, la reine mère retient les plus belles et les plus talentueuses pour sa suite.

Le Padicha choisit presque toujours ses concubines et ses favorites parmi elles. Si l'une d'elles donne naissance à un fils, elle bénéficie d'appartements privés et d'une rente importante.

Mary s'efforçait de retenir tout ce qu'on lui apprenait.

– J'ai cru comprendre, dit-elle, que la sultane validé était à la tête du harem ?

– C'est vrai, et c'est la femme la plus puissante et la plus redoutée. Elle exerce souvent une grande influence sur le sultan, qui la respecte et vient souvent la consulter.

– Cette hiérarchie n'entraîne-t-elle pas de terribles rivalités ?

– Le harem est un univers qui génère naturellement jalousies et intrigues ! Quand une favorite devient concubine, on cherche souvent à la discréditer ou même à l'empêcher d'être mère !

N'osant pas demander comment les femmes s'y prenaient pour parvenir à leur fin, Mary chercha à savoir s'il y avait dans le harem autant de femmes qu'on le prétendait.

– Cela dépend des époques, précisa Hafiza. Lorsque j'y suis entrée, nous étions près de quatre cents. Beaucoup cependant n'y restent pas. À la mort du Padicha, toutes les femmes de son harem sont envoyées au Vieux Palais qu'on appelle parfois « le Palais des Larmes ».

– Le Palais des Larmes, ces mots annoncent-ils une triste fin pour elles ?

– Pas toujours ! Certaines sont données en mariage à des fonctionnaires de l'empire après avoir été affranchies et dotées.

Peu à peu, leur relation devint plus intime, et Hafiza, qui se sentait en confiance, lui dévoila ce qu'elle avait sur le cœur :

– Mon bonheur passé me paraît un songe, mais je ne puis perdre de vue que j'ai été chérie par le plus grand et le plus aimable des hommes. Il m'avait préférée à toutes les autres. Je l'ai accompagné dans toutes ses campagnes. Je n'aurais pas voulu lui survivre si je n'avais aimé la princesse notre fille. Toute ma tendresse pour elle est à peine suffisante pour m'attacher à la vie.

Ses yeux se remplissaient de larmes.

– Quand il est mort, j'ai passé un an entier sans voir la lumière… Le temps a fini par calmer mon désespoir, mais il n'y a pas une semaine où je ne pleure la perte de mon sultan.

Ses aveux émurent Mary.

Elles se promenèrent un moment dans le jardin en silence comme deux amies complices. Lorsque Mary prit congé, on lui fit la cérémonie des parfums, comme chez le grand vizir. Hafiza lui offrit un beau mouchoir brodé. Quand elle quitta Mary, le soleil était légèrement voilé, l'air était tiède et les palmes des dattiers bougeaient à peine.

CHAPITRE 21
INOCULATION DE LA VARIOLE

Mary souhaitait absolument protéger son fils de la variole avant son départ pour l'Angleterre. Bien qu'atteinte par ce fléau qui avait abîmé son beau visage et emporté son frère, elle hésitait à faire inoculer son petit Edward.

La maladie était connue en Chine depuis plusieurs siècles et la variolisation était pratiquée depuis longtemps en Turquie avec succès.

À Londres, on avait commencé à parler de cette méthode dans le cercle étroit de la Royal Society.

« Quelle idée folle que de vouloir donner la maladie alors qu'elle est presque toujours mortelle », répétait Wortley qui jugeait cette pratique incohérente et illogique au regard des savoirs existants.

Mary haussait les épaules sans lui répondre. Elle n'avait que faire des réticences de son époux. D'ailleurs, que n'avait-elle déjà entendu contre cette pratique ! Pour certains savants, elle relevait de la magie et de la superstition. Les Grecs ne faisaient-ils pas quatre piqûres en signe de croix avant d'y recourir ?

Elle avait consulté à plusieurs reprises Emmanuel Timoni, le médecin à l'ambassade d'Angleterre à Constantinople, auteur du rapport sur l'inoculation à la Royal Society.

Il lui avait affirmé que la maladie avait pratiquement disparu des rives du Bosphore et de nombreuses villes de la Méditerranée. Si tout ce qu'elle avait appris sur la méthode l'encourageait, Mary hésitait encore.

Quand elle s'adressa à Charles Maitland, le chirurgien de l'ambassade, celui-ci lui conseilla d'engager l'opération.

– Si votre époux n'a pas confiance dans ce traitement, c'est uniquement par préjugé. Notre expérience, en revanche, plaide en faveur de l'intervention.

Ces propos encouragèrent Mary à décider de l'opération.

– J'aimerais agir dans le plus grand secret, confia-t-elle au médecin, sans rien dire à monsieur Wortley, de peur qu'il ne s'y oppose. C'est pour moi une grande responsabilité de faire inoculer mon fils à son insu.

– Vous pouvez me faire confiance. Tout va bien se passer.

Peu après, il la mit en relation avec une Grecque nommée Paula, accoutumée à pratiquer l'inoculation sur des enfants. Quand elles se rencontrèrent, Mary lui demanda si son fils allait souffrir.

– Cela ne lui fera pas plus de mal qu'une simple égratignure !

– Quelle serait la meilleure période pour agir ?

– Avant les grandes chaleurs ou après. Le mieux serait que vous assistiez auparavant à une intervention, cela vous rassurerait.

Elles se rendirent ensemble à l'une des séances où étaient

réunies une quinzaine de personnes avec leurs enfants. Un peu d'ouzo permettait de détendre les parents trop anxieux. On s'occupait ensuite des petits et on leur inoculait le virus pendant qu'ils s'amusaient.

Deux semaines plus tard, Maitland lui confirma que tous les enfants qui s'étaient fait inoculer se portaient bien.

Rassurée, Mary donna son accord pour l'opération. Maitland lui trouva un donneur en la personne d'un jeune garçon qui souffrait d'une forme bénigne de la maladie et lui promit d'assister avec elle à la séance.

Le jour venu, la jeune femme observait d'un air tendre son petit Edward. Il avait maintenant 6 ans et ses joues roses prouvaient sa bonne santé. Serait-il assez fort pour résister au virus ? se demandait-elle avec anxiété.

Paula se présenta avec une coque de noix pleine d'un liquide contenant le virus de la variole. Comme Edward était un peu grognon, elle lui chanta des berceuses qui le calmèrent rapidement.

Alors qu'il ne s'y attendait pas, elle lui piqua le poignet et introduisit le liquide dans une veine de son bras.

Gênée sans doute d'avoir affaire à des personnes de haut rang, sa main trembla. Le petit Edward se mit à hurler. Sa mère s'affola, puis elle pensa que l'aiguille devait être un peu émoussée. Ce fut Maitland en personne qui intervint pour achever l'inoculation.

Une fois l'opération finie, on banda la plaie et l'enfant fut consigné dans une chambre bien chauffée où il retrouva son calme.

Quelques jours plus tard, sa mère fut effrayée de voir apparaître des pustules sur les joues de son fils.

– Si votre fils ne se plaint pas, lui dit le médecin, c'est que tout va bien.

Maitland, qui venait l'examiner tous les jours, jugeait normal l'accès de fièvre qui avait inquiété sa mère et il lui certifia que le traitement agissait bien.

Les croûtes tombèrent peu après, laissant la peau de l'enfant lisse et rosée, sans les marques qui avaient abîmé le beau visage de sa mère.

Mary finit par écrire à son mari pour lui annoncer qu'elle avait fait inoculer leur petit garçon. Elle conclut sa lettre en lui déclarant : « Votre fils va très bien, je ne peux m'empêcher de vous le dire, bien que vous ne preniez pas souvent de ses nouvelles. »

En rapportant plus tard la séance, Maitland vanta les mérites de l'épouse de l'ambassadeur qui avait eu le courage de tenter l'expérience sur son jeune fils.

Voyant en cette méthode son prochain combat, Mary se sentait maintenant assez forte pour l'introduire en Angleterre et imposer l'idée neuve d'une médecine préventive.

Elle le devait à la mémoire de William, le frère bien aimé dont elle avait mis si longtemps à se remettre de la mort.

CHAPITRE 22
LES ADIEUX À FATIMA

Mary avait le cœur lourd, en pensant que le rappel de son mari à Londres mettait fin à ses *Turkish Embassy Letters*. Aucune femme n'avait eu le courage comme elle de se plonger dans un monde inconnu. Elle semblait convaincue que ses lettres seraient considérées plus tard comme un témoignage historique sur cette région du monde.

Elle continuait à critiquer ceux qui dénonçaient l'enfermement des femmes turques qu'ils n'avaient jamais rencontrées en s'attaquant à des menteurs comme Knolles, dont la spécialité était de raconter des fables, ou Aaron Hill, qui avait publié un ouvrage rempli de sottises où il affirmait avoir vu dans la mosquée Sainte-Sophie un pilier d'où s'écoulait un baume contre les maux de tête !

Avant son départ, Mary désirait absolument revoir la belle Fatima. Grâce à elle, elle avait réussi à pénétrer dans l'intimité des dames ottomanes et pouvait affirmer que celles-ci n'avaient rien à envier aux hommes quant à la finesse de leur jugement.

Si Fatima avait l'éducation d'une dame de la Cour, elle prenait plaisir à s'ouvrir aux autres. Elle était curieuse d'observer les mœurs étrangères et n'avait pas pour son pays cette partialité qui est la marque des petits esprits.

Lady Mary longeait ce jour-là le Bosphore en compagnie de son interprète pour retourner chez Fatima. La demeure de cette dernière, qui était située sur les hauteurs au milieu d'une végétation luxuriante, était cachée derrière une haie de cyprès dont les têtes frémissaient à peine sous la brise. Elle avait vue sur la mer, les îles et jusqu'aux montagnes d'Asie. Le spectacle était grandiose.

Elles furent reçues à l'entrée par deux jeunes esclaves qui les conduisirent vers l'appartement d'été, qui était décoré avec goût et magnificence. Une fois installée, Mary balaya la pièce du regard en se demandant combien d'intrigues avaient dû se nouer en ces lieux.

Fatima se présenta bientôt, drapée de soie et de broderies.

– Vous autres femmes chrétiennes, dit-elle en souriant, avez la réputation d'être inconstantes. Je craignais de ne plus vous revoir malgré vos promesses. Me voilà maintenant assurée que j'ai le bonheur de vous plaire. Si vous m'entendiez parler de vous à mes proches, vous percevriez à quel point je vous considère comme une amie.

Mary était émerveillée par sa beauté. Elle s'installa à ses côtés sur le sofa et son hôtesse fit signe à l'interprète de les laisser seules.

En retrouvant le parfum des épices et l'odeur du café qui lui plaisaient tant, une ombre de tristesse envahit Mary. Elle se demandait comment elle pourrait vivre sans la douceur du soleil et le plaisir de la conversation avec des jeunes femmes comme Fatima qui avaient autant d'esprit que d'éducation.

Après un échange de compliments, elle lui fit part de son départ prochain.

– Comment pouvez-vous m'annoncer une si triste nouvelle ! s'écria son amie. N'était-il pas prévu que vous restiez plusieurs années parmi nous ?

– C'était mon rêve, en effet, mais Sa Majesté le roi d'Angleterre a rappelé monsieur Wortley auprès de lui.

– N'êtes-vous pas heureuse de retrouver votre famille et votre pays ?

Mary avait le regard embué de larmes.

– Je suis surtout triste de quitter le vôtre où j'ai reçu le meilleur des accueils. En Angleterre, nous nous flattons d'être un grand pays, mais je peux vous assurer que tout ce que j'ai vu ici nous surpasse en raffinement. À l'exception peut-être de Londres, aucune de nos villes n'égale Constantinople ou Andrinople. L'idée qu'il puisse y avoir une supériorité des femmes d'Europe me paraît fausse, absolument fausse.

Ses propos touchèrent Fatima.

– Votre curiosité et votre connaissance de nos mœurs et de notre langue m'ont émue comme vous ne pouvez l'imaginer.

– J'ai beaucoup appris, répondit Mary, d'un monde si éloigné du nôtre, mais si riche. Et j'espère avoir le plaisir d'y revenir un jour.

À Andrinople, Salia lui avait dit que Fatima n'était pas

vraiment une Turque, mais une chrétienne. Quand Mary lui posa la question, son amie esquissa un sourire.

– Effectivement, ma mère qui était polonaise fut capturée au siège de Kamieniec. Mon père disait en riant que son épouse avait dû avoir un amant chrétien parce que je n'avais pas l'air d'une petite Turque !

– Que vous soyez chrétienne ou turque, répondit Mary, votre beauté ferait tourner toutes les têtes à Londres !

– Je ne puis croire, répliqua Fatima, que dans votre pays on fasse aussi grand cas de la beauté. Si cela était vrai, comment vous aurait-on laissée partir ?

Il y eut un court silence.

– Je n'arrive pas à me résoudre à notre séparation prochaine, dit Fatima en prenant Mary dans ses bras.

L'atmosphère devenait trouble. Le moment arrivait où l'on aurait dû rapprocher les rideaux de soie pour profiter des derniers instants de plaisir dans l'intimité. On ignore ce qui se passa entre elles.

Mary confia plus tard à son journal que « Fatima avait la politesse et la bonne éducation d'une dame de la Cour avec un air qui inspirait à la fois respect et tendresse ».

Elle avouait qu'elle avait pris plus de plaisir à observer sa beauté qu'à regarder la plus belle des sculptures.

CHAPITRE 23
LA FIN DES TURKISH EMBASSY LETTERS

Constantinople paraissait plus resplendissante que jamais en ce mois de mai. Les lys étaient ouverts, les tulipes et les roses s'épanouissaient dans les jardins. Jusqu'au dernier moment, Mary chercha à raconter des événements pour enrichir son journal. Elle voulait démontrer son aisance à vivre dans ce beau pays et savourer pleinement le plaisir d'être là tant qu'il en était encore temps. Chaque jour, elle se promenait dans la ville, enveloppée dans un *féredjé* et dissimulée sous un voile blanc qui lui couvrait la tête.

Elle reprit ses visites en commençant par la mosquée Sainte-Sophie, qui l'intriguait. La basilique avait été la plus ancienne cathédrale du monde chrétien, jusqu'à ce qu'elle soit transformée en mosquée par les Ottomans en 1453.

Comme elle ne voulait pas s'y rendre seule, elle se fit accompagner par la princesse de Transylvanie, une chrétienne de religion orthodoxe. Alors qu'on leur avait refusé l'autorisation d'y pénétrer, elles furent assez audacieuses pour s'y présenter de nouveau en portant des habits d'homme.

À l'entrée, elles durent laisser leurs chaussures car ces lieux sacrés ne devaient être foulés que par des pieds nus. Mary, qui portait des talons à cause de sa petite taille, avait du mal à se déplacer, aussi retourna-t-elle discrètement pour les reprendre. Par chance, tous les hommes portaient de longues robes qui cachaient leurs pieds et personne ne remarqua les siens.

Au cours de leur visite, la princesse sortit soudain son mouchoir et se mit à pleurer.

– Que vous arrive-t-il ? demanda Mary, surprise par son attitude.

– Je suis émue de penser que ce lieu magnifique est aux mains des infidèles alors qu'il a été édifié par les chrétiens et que ce sont des empereurs de ma famille qui ont contribué à sa magnificence.

– Cessez de vous plaindre, lui intima Mary. Si on nous découvre, je serai protégée en tant que femme d'ambassadeur, mais vous, vous risqueriez d'être emprisonnée et même d'être brûlée vive.

La princesse s'empressa de sécher ses larmes et elles ressortirent discrètement de la mosquée.

Quelque temps à peine avant son départ, Mary eut encore l'opportunité d'assister à un mariage dans un établissement de bains où étaient réunies près de deux cents jeunes personnes.

Étincelante de beauté et de diamants, la mariée se retrouva bientôt dans la tenue d'Ève. Deux jeunes filles portant des coupes de parfum prirent la tête du cortège. Celles qui étaient vierges se présentaient sans autre voile ni ornement que leurs longs cheveux nattés de perles et de rubans. Les unes chantaient, d'autres reprenaient en chœur la même mélodie, tandis que la mariée se déplaçait, les yeux pudiquement baissés. Après avoir parcouru plusieurs fois les grandes pièces des bains, elle fut conduite devant les matrones qui la saluèrent avec un compliment et un cadeau. Étonnée de la voir remercier ses invitées en leur baisant la main, Mary fut enchantée par cette cérémonie.

Elle fut heureuse de pouvoir rapporter à ses amis la façon dont les Turcs exprimaient leurs sentiments en adressant des billets à leurs destinataires sous forme de symboles. Il n'y avait point de couleurs, de fleurs, d'herbes ou de fruits qui ne puissent composer un vers original. C'est ainsi qu'une jonquille signifiait « Ayez pitié de ma passion ! », une rose, « Soyez heureuse et que vos chagrins tombent sur moi », du poivre, « Faites-moi une réponse », un fil d'or, « Je meurs. Arrivez vite ! ».

« On pouvait ainsi, écrivit-elle à son amie Lady Rich, se faire des reproches, se quereller, s'envoyer des mots tendres, des lettres d'amitié ou de simple politesse, des nouvelles, sans s'exposer à avoir de l'encre sur les doigts ! »

Mais si Mary continuait à distraire ses proches avec ses lettres, le cœur n'y était plus. Elle souffrait de quitter ce pays qu'elle aimait tant. Si la jovialité qui faisait son charme s'éteignait peu à peu, elle se réconfortait en pensant retrouver bientôt ses amis et surtout sa sœur Frances. Celle-ci avait été autorisée à rejoindre son mari à Paris où il s'était réfugié après l'échec de la rébellion jacobite dont il avait pris la tête.

Mary pensait aussi à Pope. On l'avait prévenue que l'artiste qui lui avait prouvé sa fidélité en lui adressant des lettres enflammées et des poèmes avait beaucoup changé. Sa maladie l'avait rendu caractériel et plus jaloux que jamais. Son cher Congreve, lui, se plaignait d'avoir perdu son humour à cause de la goutte qui le faisait horriblement souffrir.

Quant à Wortley, qui s'était attendu jusqu'au dernier moment à être convié à la table des négociations, il espérait naïvement que ses services seraient récompensés à son retour par l'attribution d'un poste important auprès du roi d'Angleterre.

Après toutes les rencontres et les moments merveilleux qu'elle avait vécus en Turquie, Mary se demandait comment éviter que sa vie sombre dans la routine et l'ennui.

Heureusement, la bonne santé de son fils et les connaissances qu'elle avait acquises auprès des médecins allaient lui permettre de se battre pour imposer l'inoculation en Angleterre où elle espérait pouvoir compter sur le soutien de la princesse de Galles.

Elle ne serait ainsi plus considérée seulement comme une personne brillante, éprise de mondanités, mais aussi comme une combattante dévouée, prête à se battre pour une grande cause.

Le soir tombait. Peu à peu le Bosphore changeait de couleur. Les reflets irisés du soleil couchant avaient disparu.

Accoudée à sa fenêtre, Mary suivait du regard les nuages violacés qui survolaient le détroit comme un voile de deuil. Quand l'appel à la prière des muezzins se tut, un grand silence tomba. La verdure sombre des cyprès disparut lentement dans la nuit. Et elle se demanda avec anxiété ce que pourrait être sa nouvelle vie.

CHAPITRE 24
DÉPART DU PRESTON

Le 24 juin 1718, Wortley, salué par quinze coups de canon, monta à bord du *Preston*, à l'ancre dans la Corne d'Or, pour l'inspecter. Il avait subi l'humiliation de devoir revendre les biens qu'il avait utilisés pour sa mission et qu'il avait dû payer de sa bourse. C'était un départ sans gloire. Les chevaux, les livrées de ses serviteurs et les meubles avaient été bradés et il avait abandonné à son successeur les belles tentes que le sultan lui avait offertes.

Quelques jours plus tard, après avoir fait charger une partie de leur bagage et les malles contenant les beaux vêtements turcs de Lady Mary, les Wortley et leur suite embarquèrent.

Constantinople n'avait jamais été aussi sublime. Le soleil illuminait la ville et donnait aux eaux du Bosphore des éclats de lumière argentée. Quand on hissa les voiles, un zéphyr frais et léger permit au vaisseau de s'éloigner des quais.

Tous deux se tenaient en silence sur le pont, comme si chacun n'avait pas le courage d'exprimer à l'autre ce qu'il éprouvait. Tandis que son mari tenait la main de son fils pour lui éviter de s'approcher trop près du bastingage, Mary caressait tendrement la tête de la petite fille qu'elle tenait dans ses bras.

Tournée vers Pera, elle avait la gorge nouée et du mal à retenir ses larmes. L'échec de son époux l'arrachait brutalement à la Turquie au moment où s'ouvrait l'ère des Tulipes, ces fleurs qui célébraient la perfection, l'art et la beauté. Elle regrettait d'avoir dû mettre fin à ses *Turkish Embassy Letters* en n'ayant pu qu'effleurer la surface d'une grande civilisation.

Quand le dôme des mosquées eut disparu dans la brume, elle se tourna vers son mari.

– Ne comptez pas sur moi pour manifester quelque plaisir à retourner en Angleterre, lui dit-elle. C'est peut-être le cas pour vous, mais sachez que ce départ me cause une grande peine, même si je m'efforce de n'en rien laisser paraître.

– J'estime, répliqua-t-il vivement, avoir rempli ma mission comme me l'avait demandé le roi et les négociations en cours à Passarowitz pour un traité de paix se font sur la base de mes recommandations aux deux parties.

– Il est bien regrettable qu'on ne vous y ait point convié !

– Il me suffit de savoir que j'aurai bien servi mon pays. De retour à Londres, je finirai de rédiger un essai sur la recherche d'une vaine gloire, un sentiment que seul l'orgueil inspire et dont on ne retire aucun profit.

Ils restèrent un moment tristes et silencieux. Puis, après avoir confié sa petite fille à sa nurse, Mary se dirigea seule vers la poupe du navire.

Alors que Constantinople s'éloignait peu à peu, comme un bonheur qu'on vous arrache, elle sortit d'une bourse de cuir qu'elle avait à la taille la miniature que lui avait remise l'effendi de Belgrade. Elle ne l'oublierait jamais. Grâce à lui, elle était entrée avec délicatesse dans la magie ottomane.

Malgré le soin qu'elle avait pris d'entretenir ses relations avec ses lettres, elle se demandait, non sans appréhension, comment elle serait reçue, alors que la mésentente entre le roi George et son fils était telle qu'ils tenaient chacun leur cour.

Pope, lui, se déclarait si impatient de la revoir qu'il lui proposait de venir la retrouver en Italie ou en France.

Mary se demandait surtout quel effet leur retour aurait sur sa relation avec son mari. Sans doute reprendrait-il son siège au Parlement dont il pourrait être une figure éminente, s'il en avait l'ambition. Elle connaissait sa générosité et savait qu'elle pourrait toujours compter sur son soutien. Jamais elle n'oublierait qu'il l'avait épousée sans dot et que ce qu'elle avait vécu en Orient n'aurait pas été possible sans lui.

Le beau temps et leurs nombreuses escales le long de la côte africaine lui permirent de surmonter sa tristesse. Elle qui aimait tant les auteurs classiques se rendit sur les lieux célèbres de l'Antiquité d'Homère et de Virgile et prit plaisir à visiter les ruines de Carthage.

Ils longèrent l'Etna au clair de lune, une vision féerique, avant de débarquer à Gênes pour poursuivre, sans leurs enfants, restés sur *Le Preston*, leur voyage par la route en traversant les Alpes.

À Paris, Mary eut la joie de retrouver sa sœur et l'abbé Conti qui lui servit de guide durant son séjour.

Sur le bateau qui les ramenait en Angleterre, et alors que les côtes se dessinaient plus clairement dans la brume, Mary composa une ode à son pays.

« Après avoir vu une partie de l'Asie et de l'Afrique et avoir fait presque le tour de l'Asie et de l'Afrique, je suis persuadée que le bon propriétaire terrien anglais est bien plus heureux qui croit sincèrement que le vin grec est moins délicieux que la bière de mars, les fruits d'Afrique moins savoureux que les reinettes, les becfigues d'Italie moins appétissants qu'un rôti de bœuf et que pour résumer, on ne peut profiter pleinement de la vie hors de la Vieille Angleterre. »

Elle se tourna alors vers l'Orient et resta un moment pensive avant de reprendre la plume.

« Je prie Dieu de me permettre de penser ainsi jusqu'à la fin de mes jours et, puisque je vais devoir me contenter de la maigre lumière que le ciel nous dispense, d'oublier peu à peu le beau soleil de Constantinople. »

ÉPILOGUE

Contrairement à la plupart des voyageurs heureux de rentrer au pays, Lady Mary regagna l'Angleterre le cœur plein de regrets. À Londres, où les Wortley avaient loué une maison à Covent Garden, elle apprécia de retrouver ses amis, notamment son cher Congreve.

Elle reprit sa vie de Cour auprès du roi George et du prince de Galles et continua à briller par son esprit et ses réparties piquantes qui lui valaient souvent de solides inimitiés.

Voltaire, qu'elle rencontra lors de son séjour en Angleterre en 1727, exprima, dans ses *Lettres philosophiques*, toute son admiration pour son intelligence et ses qualités littéraires.

Toujours active et impliquée dans la vie artistique, elle lança un journal pour soutenir Robert Walpole, devenu chef du gouvernement sous George II.

Mary Astell, qui était célèbre pour ses ouvrages sur la condition des femmes, l'encouragea, en vain, à publier ses lettres. Elle lui écrivit : « Par leur élégance naturelle, leur grâce légère, leur simplicité charmante (qui est la perfection de l'écriture), vos lettres dépassent tout ce qui avait été publié dans ce genre… »

Alexander Pope s'était retiré à Twickenham, près de Londres. Les Wortley y achetèrent une maison de campagne où Mary allait séjourner régulièrement. Leur relation se refroidit au fil du temps. Leur rupture survint probablement durant l'été 1722, sans que l'on en connaisse la cause. Il semblerait que Mary se soit moquée de lui alors qu'il lui faisait une déclaration d'amour. Blessé dans son orgueil, et jaloux de l'intimité nouvelle de Mary avec Lord Hervey, il ne cessa de publier à son encontre libelles et odes satiriques, dont l'injurieux poème « Sapho » qui l'affecta profondément.

Ils ne devaient jamais se réconcilier.

Edward Wortley avait repris son siège au Parlement, qu'il garda jusqu'à la fin de sa vie active, mais il n'obtint aucun poste au gouvernement. Il consacra la plus grande partie de son temps à ses affaires de charbon dans le Yorkshire et à développer l'importante fortune dont il avait hérité au décès de son père. Son grand ami, Joseph Addison, malade, avait dû démissionner en 1718 et mourut l'année suivante.

Le couple s'efforçait de garder une relation apaisée, même si l'échec de leur mariage était évident. « C'est une coutume des Turcs, disait Lady Mary, je pense qu'il devrait y avoir une loi fixant la durée du mariage à sept ans. »

Leur fils, un garçon turbulent, s'échappait de ses collèges et menait, au grand désespoir de sa mère, une vie désordonnée et fantasque, la plupart du temps à l'étranger. Wortley finit par le déshériter et c'est leur fille, Mary, mariée à Lord Bute, qui hérita de son immense fortune.

Sa nouvelle épouse s'y étant opposée, Lady Mary ne revit jamais son père, qui en avait pourtant manifesté le désir avant de mourir au printemps 1726.

Sa sœur Frances, qui était atteinte de maladie mentale, rentra en Angleterre en 1728 et fut placée sous la garde de Mary jusqu'à son départ pour l'Italie. Elle mourut peu de temps avant elle.

Malgré l'opposition des religieux et de nombreux médecins, Lady Mary tint parole en popularisant la variolisation en Angleterre. Grâce à son influence et à sa détermination, de nombreuses personnes, dont sa propre fille en 1721, et celles de la princesse de Galles en 1722, purent être vaccinées.

Sa vie allait basculer au printemps 1736, lorsqu'elle fit la connaissance, à 47 ans, de Francesco Algarotti, un jeune italien de 24 ans, né à Venise. Beau, séduisant autant les hommes que les femmes, il avait fait de brillantes études de lettres et se passionnait pour la physique d'Isaac Newton.

Peu après son arrivée à Londres, il avait été nommé membre de la Royal Society. Introduit par Voltaire auprès de Lord Hervey, ce dernier lui présenta Lady Mary qui tomba sous son charme.

« Mes sentiments sont trop ardents, lui écrivit-elle, alors qu'il venait de quitter l'Angleterre pour une longue tournée en Europe. Je ne pourrais les exprimer ni les cacher. Je vois bien que c'est une folie dont je ne suis point capable de me corriger. »

Algarotti ne daigna pas lui répondre. Il ne retourna à

Londres qu'en 1739 et n'y resta que quelques semaines, dont une bonne partie du temps en compagnie de Lord Hervey.

Deux mois après son départ, tout en reconnaissant que son amour était « vain », Mary lui écrivit : « Je viens vous chercher. Il n'est point besoin d'accompagner par de grands mots une telle preuve d'attachement. »

Peu de temps après, sous prétexte de sa santé défaillante, elle quittait l'Angleterre pour Venise où elle espérait le retrouver. Il lui fallut attendre deux ans avant de pouvoir le rejoindre à Turin. Elle écrivit à son ami et rival, Lord Hervey, que cette visite avait été « un des moments les plus déplaisants de sa vie ». Elle ne devait le revoir que quinze ans plus tard.

Lady Mary passa les vingt années suivantes à vivre et voyager en Italie ainsi que dans le sud de la France, notamment à Avignon où elle résida près de deux ans.

« Je suis maintenant dans le lieu le plus merveilleusement romantique que j'aie vu dans ma vie. »

Elle ne cessait d'écrire à ses proches et à ses amis de longues lettres détaillées et divertissantes, au point d'attirer l'attention des autorités locales intriguées par leur nombre…

En Italie, sa réputation de femme spirituelle et excentrique l'avait précédée.

« Ce n'est pas la première fois, depuis mon arrivée, que l'on me complimente sur mes ouvrages. Tout d'abord je me défendais, puis, voyant que cela était inutile, je me contentais de sourire. Je me résignais d'autant plus volontiers que la qualité de femme auteur n'a rien d'avilissant en ce pays, et qu'une dame fort distinguée y occupe, sur l'invitation expresse du pape, la première chaire de mathématiques. »

Mary était généralement bien accueillie. « La duchesse de Campo-Florida me traite comme si j'étais encore ambassadrice », écrivit-elle à son mari avec lequel elle ne cessa jamais de correspondre.

La mort d'Edward Wortley, à Wharncliffe, en janvier 1761, et sa santé déclinante la décidèrent à rentrer en Angleterre. La guerre continuelle en Europe rendit son voyage de retour périlleux. Elle arriva, à la mi-novembre 1761, à Rotterdam où elle resta deux mois. C'est là qu'elle confia au révérend Benjamin Snowden, chez qui elle logeait, le manuscrit de ses *Turkish Embassy Letters* en lui laissant le soin d'en disposer, après sa mort, comme il l'entendait.

De retour à Londres à la mi-janvier 1762, atteinte d'un cancer, elle mourut le 21 août suivant, âgée de 73 ans, et fut enterrée à Grosvenor Chapel.

Sa fille, Mary, esprit étroit et conventionnel, et son mari, Lord Bute, devenu Premier ministre de George III, craignaient que les lettres confiées au révérend Snowden ne contiennent des révélations qui auraient pu prêter au scandale. Inquiets à l'idée qu'elles puissent être publiées, ils réussirent à les lui racheter. Fort heureusement, deux voyageurs anglais, que Snowden avait autorisés à lire le manuscrit à Rotterdam, avaient réussi à le recopier à son insu.

C'est ainsi que, sans l'autorisation de la famille, les *Letters of the Right Honourable Lady M–y W–y M–e written during her travels* furent publiées en trois volumes à Londres en 1763 et à Paris en 1764.

Le succès fut immédiat et l'ouvrage encensé par la critique littéraire. La première édition, rapidement écoulée, fut suivie de nombreuses autres.

Lady Mary était une personnalité unique par son caractère, sa culture et l'éclat de son esprit. Elle a été un poète reconnu, auteur de contes et de romances, un écrivain voyageur soucieux de rétablir la vérité et une observatrice redoutée dans son milieu.

Elle s'est aussi battue pour une meilleure éducation des femmes. À une époque où elles étaient prisonnières des conventions familiales et sociales, elle a montré par son exemple qu'elles devaient avoir le droit de vivre leur propre vie et de ne pas être l'esclave de leur mari.

« J'ai tout sacrifié pour reconquérir mon indépendance, aliénée par le despotisme de la coutume. J'ai philosophiquement rompu avec toutes les attaches de l'habitude ou du cœur, rejeté loin de moi tout souci d'avenir ou d'intérêt. Malgré cela, je n'ai point trouvé l'indépendance, et à cause de cela même je ne crois pas qu'on la puisse rencontrer. »

Voltaire écrira que ses lettres surpassaient de loin celles de Madame de Sévigné. Elles devaient rester comme un témoignage. Celui d'un esprit libre.

NOTE DE L'AUTEUR

J'adresse mes remerciements :
à Éric, qui sait tout ce que je lui dois ;
à Michel Pezet et Paul Veyne, qui m'ont toujours soutenue ;
à Monique Lecarpentier, pour ses conseils toujours avisés.

Mes principales sources pour cette biographie romancée ont été bien naturellement les lettres de Lady Mary et, parmi les ouvrages publiés en français, *Lettres d'ailleurs* (José Corti, 1997).

Les nombreuses citations extraites de ses lettres m'ont paru très utiles pour illustrer la personnalité, les motivations et le style inimitable de Lady Mary.

Parmi les biographies de Lady Mary, j'ai tiré un grand profit de celle d'Isobel Grundy, *Lady Mary Wortley Montagu* (Oxford University Press, 1999), impressionnante par la qualité de ses références et ses descriptions de la société où évoluait Lady Mary, ainsi que du remarquable travail d'érudition de celle de Robert Halsband, *The Life of Lady Mary Wortley Montagu* (Oxford Clarendon Press, 1956).

D'autres ouvrages ont été pour moi de précieuses sources d'informations : Leslie P. Peirce, *The Imperial Harem* (Oxford University Press, 1993) ; *Mémoire historique sur l'ambassade de France à Constantinople par le marquis de Bonnac et Charles Scheffer* (1894, Kessinger Legacy Reprints) ; Cynthia Lowenthal, *Lady Mary Wortley Montagu and the*

Eighteen-Century Familiar Letter (University of Georgia Press, 1994) ; Iris Bary, *Portrait of Lady Mary Montagu* (The Bobbs-Merrill Company, 1928) ; Emily Symonds, *Lady Mary Wortley Montagu and her Times* (GF Putnam's Sons, 1907) ; Mark Maynard, *Alexander Pope, A life* (W.W. Norton & Company, 1985) ; Peter Smithers, *The Life of Joseph Addison* (Oxford Clarendon Press, 1968) ; Ophelia Field, *The Kit-Cat Club* (Harper Perennial edition, 2009) ; Henri Pigaillem, *Le Prince Eugène* (Éditions du Rocher, 2005).

TABLE

II. À LA DÉCOUVERTE DES HAREMS 123

Achevé d'imprimer sur les presses de CPI en avril 2019
Dépôt légal : mai 2019 • ISBN 978-2-84742-416-4 • Imprimé en France
N° d'impression : 2043887